理想的藝術家生活

楊照談夏目漱石

楊照
著

日本文學名家十講
01

目次

總序
用文學探究「日本是什麼」

文／楊照

就像吉朋（Edward Gibbon）在羅馬古蹟廢墟間，黃昏時刻聽到附近修道院傳來的晚禱聲，而起心動念要寫《羅馬帝國衰亡史》，我也是在一個清楚記得的時刻，有了寫這樣一套解讀日本現代經典小說作家作品的想法。

時間是二〇一七年的春天，地點是京都清涼寺雨聲淅瀝的庭園裡。不過會坐在庭園廊下百感交集，前面有一段稍微曲折的過程。

那是在我長期主持節目的「台中古典音樂台」邀約下，我帶了一群台中的朋友去京都賞櫻。按照我排的行程，這一天去嵐山和嵯峨野，從龍安寺開始，然後一路到竹林道、大河內山莊、野宮神社、常寂光寺、二尊院，最後走到清涼寺。然而從出門我就心情緊繃，因為天公不作美，下起雨來，氣溫陡降，而且有幾個團員前天晚上逛街走了很多路，明顯腳力不濟。我平常習慣自己在京都遊逛，合理的做法應該是改變行程，例如改去有很多塔頭的妙心寺或東福寺，可以不必一直撐傘走路，密集拜訪多個不同院落，中午還可以在寺裡吃精進料理，舒舒服服坐著看雨、聽雨。但配合我、協助我的領隊林桑告訴我帶團沒有這種隨機調整空間，我們給團員的行程表等於是合約，沒有照行程走就是違約，即使當場所有的團員都同意更改，也無法確保回台灣後不會有人去觀光局投訴，那麼林桑他們旅行社可就吃不完兜著走了。

好吧，只好在天候條件最差的情況下走這一天大部分都在戶外的行程。下午到常寂光寺時，我知道有一、兩位團員其實體力接近極限，只是盡量優雅地保持正常的外表。這不是我心目中應該要提供心靈豐富美好經驗的旅遊，使我心情沮喪。更糟的是再往下走，到了門口才知道二尊院因為有重要法事，這一天臨時不對遊客開放。在當時的情況下，這意味著本來可以稍微躲雨休息的機會被取消了，別無辦法，大家只好拖著又冷又疲累的身子繼續走向清涼寺。

清涼寺不是觀光重點，我們去到時更是完全沒有其他訪客。也許是驚訝於這種天氣還有人來到寺裡拜觀吧？連住持都出來招呼我們。我們脫下了鞋走上木頭階梯，幾乎每個人都留下了溼答答的腳印，因為連鞋子裡的襪子也不可能是乾的。住持趕緊要人找來了好多毛巾，讓我們入寺之前可以先踩踏將腳弄乾。過程中，住持知道我們遠從台灣來，明顯地更意外且感動了。

入寺內在蒲團上坐下來後，住持原本要為我們介紹，但我擔心在沒有暖氣仍然極度陰寒的空間裡，住持說一句領隊還要翻譯一句，不管住持講多久都必須耗費近乎加倍的時間，對大家反而是折磨。我只好很失禮地請領隊跟住持說，由我用中文來對團員介紹即可。住持很寬容地接受了，但接著他就很好奇我這位領隊口中的「せんせい」會對他的寺廟做出什麼樣的「修學說明」。

我對團員簡介清涼寺時，住持就在旁邊，央求領隊將我說的內容大致翻譯給他聽，說老實話，壓力很大啊！我盡量保持一貫的方式，先說文殊菩薩仁慈賜予「清涼石」的故事，解釋「清涼寺」寺名由來，接著提及五台山清涼寺相傳是清朝順治皇帝出家的地方，是金庸小說《鹿鼎記》中的重要場景，再聯繫到《源氏物語》中光源氏的「嵯峨野御堂」就在今天清涼寺之處。然後告訴大家這是一座淨土宗寺院，所以本堂的布置明顯和臨濟禪宗寺院很不一樣，而這座寺廟最難能寶貴的是有著絹絲材質製造、象徵內臟的木雕佛像，相傳是從中國浮海而來的。最後我順口說了，寺院只有本堂開放參觀，很遺憾我多次到此造訪，從來不曾看過裡面的庭園。

說完了，讓團員自行拜觀，住持前來向我再三道謝，竟然對於清涼寺了解得如此準確；接著轉而向我再三致歉，我一時不知道他如此懇切道歉的原因，靠領隊居中協助，才弄清楚了，住持的意思是讓我抱持多年的遺憾，他今天一定要予以補償，所以找了人要為我們打開往庭園的內門，並且準備拖鞋，破例讓我們參觀庭園。

於是，我看著原未預期能看到的素雅庭園，知道了如此細密修整的地方從來沒打算要對外客開放，那樣的景致突然透出了一份神祕的精神特質。這美不是為了讓人觀賞的，不是提供人享受的手段，其自身就是目的，寺裡的人多少年來，幾十年甚至幾百年，日復一日毫不懈怠地打掃、修剪、維護，他們服務的不是前來觀賞庭園的人，而是庭園之美自身，以及人和美之間的一種敬謹的關係。那一絲不苟的敬意既是修行，同時又構成了另一種心靈之美。

坐在被微雨水氣籠罩的廊下，心裡有一種不真實感。為什麼我這樣一個台灣人，能在日本受到尊重，取得特權進入凝視、感受著這座庭園？為什麼我真的可以感覺到庭園裡的形與色，動中之靜、靜中之動，直接觸動我，對我說話？我如何走到這一步，成為這個奇特經驗的感受主體？

在那當下，我想起了最早教我認識日語、閱讀日文，卻自己一輩子沒有到過日本的父親。我想起了三十年前在美國遇到的岩崎春子教授，彷彿又看到了她那經常閃現不信任、懷疑的眼神，在我身上掃出複雜的反應。

我在哈佛大學上岩崎老師的高級日文閱讀課，是她遇到的第一個台灣研究生。我跟她的互動既親近又緊張。親近是因她很早就對我另眼看待，課堂上她最早給我們的教材都立即被我看出來處。一段來自村上春樹的《聽風的歌》，另一段來自海明威《在我們的時代》小說集的日文翻譯。她要我們將教材翻譯成英文，我帶點惡作劇意味地將海明威的原文抄了上去。她有點惱怒地在課堂上點名問我，剛發下來的幾段還有我能辨別出處的嗎？不巧，一段是川端康成的掌上小說，另一段是吉行淳之介的極短篇，又被我認出來了。

從此之後岩崎老師當然就認得我了，不時和我在教室走廊或大樓的咖啡廳說說聊聊。她很意外一個從台灣來的學生讀過那麼多日文小說，但另一方面，她又總不免表現出一種不可置信的態度，認為以我一個台灣人的身分，就算讀了，也不可能真正理解這些日本小說。

每次和岩崎老師談話我都會不自主地緊繃著。沒辦法，對於必須在她面前費力地證明自己，就是令我備感壓力。她明知道我來修這門課，是為了不要耗費時間在低年級日語的聽說練習上，我的日語會話能力和我的日文閱讀能力有很大的落差，但她還是不時會嘲笑我的日語，特別喜歡說：「你講的是台灣話而不是日語吧！」因此我會盡量避免在她面前說太多日語，但又堅持用英語與她討論許多日本現代作家與作品。

她不是故意的，但是一個台灣學生在她面前侃侃而談日本文學，往往還是讓她無法接受。愈是感覺到她的這種態度，我就愈是覺得自己不能放鬆、不能輸，這不是我自己的事了，對她來說，我就代表台灣，我必須替台灣爭一口氣，改變她認為台灣人不可能進入幽微深邃日本文學心靈世界的看法。

那一年間，我們談了很多。每次談話都像是變相的考試或競賽。她會刻意提一位知名的作家，我相對提出我讀過的這位作家作品，然後她像是教學般解說這部作品，我卻刻意地鑽找縫隙，非得說出和她不同，卻要能說服她接受的意見。

這麼多年後回想起來，都還是覺得好累，在寒風裡從記憶中引發了汗意。不過我明白了，是那一年的經驗，在日本殖民史的曲折延長線上，我得以培養了這樣接近日本文化的能力。我不想浪費殖民歷史在我父親身上留下，再傳給我的日文能力，更重要的，我拒絕因為台灣人的身分，而被視為在日本文化吸收體會上，必然是次等的、膚淺的。

於是那一刻，我得到了這樣的念頭，要透過小說作家及作品，來探究日本，如此之美，卻又蘊含如此暴烈力量，同時還曾發動侵略戰爭的複雜國度。這不是一個單純的「外國」，而是盤旋在台灣歷史上空超過百年，幽靈般的存在，一直到今天，台灣都還依照看待日本的不同態度而劃分著不同的族群、世代與政治立場。

在清涼寺中，彷彿聽到自己內心的如此召喚：「來吧，來將那一行行的文字，一個個角色，一幕幕情節，一段段靈光閃耀的體認，整理出意義來吧。不見得能得到『日本是什麼』的答案，但至少得以整理出如何叩問『日本如何進入台灣集體意識』的途徑吧。」我知道，毋寧是我相信，我曾經付出的工夫，讓我有這麼一點能力可以承擔這樣的任務。

回到台北之後，我從兩個方向有系統地以行動呼應內在的召喚。一是和麥田出版合作，選書主編了「幡」書系，那是帶著清楚的日本近代文學史概念，針對台灣引介日本文學作品的混亂偏食狀況，特別找出具備有日本近代文學史上的思想、理論代表性的作品，希望讓讀者在閱讀中藉此逐漸鋪畫出日本文學的歷史地圖。

另外，先後在「誠品講堂」和「藝集講堂」連續開設解讀現代日本小說作品的課程。必須誠實地說，我對台灣一般流通的現代日本小說譯本，以及大部分國人所寫的解說，不得不抱持保留態度。最嚴重的問題顯現在：第一，完全不顧作品的時代、社會背景，將小說架空地用自己主觀的心情來閱讀。最誇張的，例如翻譯、解說遠藤周作小說，可以對基督教神學完全無知，也不去查對《聖經》和天主教會固定譯名，而出於自己望文生義臆測。這樣一來，讀者讀到的怎麼可能還是虔信中與信仰掙扎的遠藤周作作品呢？

第二，翻譯者、解說者無法察覺自己的知識或感性敏銳度，和原作者到底有多大的差異。這在川端康成的作品中表現得最明顯，光從字面上去翻譯、閱讀，不能找到方式試圖進入從極度纖細神經中傳遞出來的時序與情懷交錯境界，那就錯失了川端康成文學能帶給我們的最重要感動了。

第三，讀者囿於一些通俗的標籤，產生了想當然耳，而非認真細究的閱讀印象。例如台灣有一陣子突然流行太宰治的「失格」、「敗類」文學；一陣子又轉而流行谷崎潤一郎的「奇情」文學，但對於「失格」或「奇情」到底是什麼意思沒有認識，對於太宰治與谷崎潤一郎的完整文學風貌也沒有進一步的興趣。如此讀來讀去，都只停留在感受「失格」或「奇情」而已，無從讓太宰治或谷崎潤一郎的作品豐富讀者自身的人生感知。

在「誠品講堂」與「藝集講堂」的課程中，我有意識地採取了一種思想史的方式來面對這些作家與作品。簡而言之，我將每一本經典小說都看作是這位多思多感的作家，在自己所處的時代中遭遇了問題或困惑，因而提出來的答案。我一方面將這本小說放回他一生前後的處境來比對，另一方面提供當時日本社會、時代脈絡來進一步探詢那原始的問題或困惑。如此我們不只看到、知道了作者寫了什麼、表現了什麼，還可以從他為什麼寫以及如何表現的人生、社會、文學抉擇，受到更深刻的刺激與啟發。

另外我極度看重小說寫作上的原創性，必定要找出一位經典作家獨特的聲音與風格。要綜觀作家大部分的主要作品，整理排列其變化軌跡，才能找出那條貫串的主體關懷，將各部小說視為這主體關懷或終極關懷的某種探測、某種注解。

在解讀中，我還盡量維持作品的中心地位，意思是小心避免喧賓奪主，以堆積許多外圍材料、高深的說法為滿足。解讀必須始終依附於作品存在，作品是第一序、首要的，目的是藉由解讀，讓讀者對更多作品產生好奇，並取得閱讀吸收的信心，從而在小說裡得到更廣遠或更深湛的收穫。

我企圖呈現從日本近代小說成形到當今的變化發展，考慮自己進行思想史式探究可能面臨的障礙，最後選擇了十位生平、創作能夠涵蓋這時期，而且我還有把握自己有能力進入他們感官、心靈世界的重要作家，組構起相對完整的日本現代小說系列課程。

這十位小說家，依照時代先後分別是：夏目漱石、谷崎潤一郎、芥川龍之介、川端康成、太宰治、三島由紀夫、遠藤周作、大江健三郎、宮本輝和村上春樹。

這套書就是以這組課程授課內容整理而成的，每位作者我有把握能解讀的作品多寡不一，因而成書的篇幅也相應會有頗大的差距。川端康成和村上春樹兩本篇幅最大，其次是三島由紀夫，當然這也清楚反映了我自己文學品味上的偏倚所在。

雖然每本書有一位主題作家，但論及時代與社會背景，乃至作家間互動關係，難免有些內容在各書間必須重複出現，還請通讀全套解讀的讀者包涵。另外因為源自課堂講授，有些延伸的討論或戲說，我還是保留在書裡，乍看下似乎無關主旨，然而在認識日本精神的總目標上，或是對比台灣今天的文學現象，應該還是有其一定的參考價值。

從十五歲因閱讀《山之音》而有了認真學習日文、深入日本文學的動機開始，超過四十年時間浸淫其間，得此十冊套書，藉以作為台灣從殖民到後殖民，甚至是超越殖民而多元建構自身文化的一段歷史見證。

前言

夏目漱石與其浪漫追求

文／楊照

關於日本近代文學的開端，一般的共識溯及坪內逍遙的《小說神髓》和二葉亭四迷的《浮雲》，或是如柄谷行人特別標舉國木田獨步《武藏野》的突破成就，都早於夏目漱石。然而無論採取什麼樣的文學史觀點，都不可能忽視夏目漱石在理論和創作兩方面的明確斷代意義，意味著儘管距離日本近代文學肇始時間不長，然而因為夏目漱石的出現，使得後人必須以不同眼光看待「夏目之前」與「夏目之後」的日本文學，尤其是日本小說整體現象。若說夏目漱石的出現讓日本近代文學突然躐次成熟，躍入一個新的階段，應不為過。

從台灣當下閱讀的角度看，夏目漱石的斷代作用會更清楚。「夏目之前」的小說作品，從二葉亭四迷的《浮雲》、森鷗外的《舞姫》，到尾崎紅葉的《金色夜叉》，透過翻譯，我們今天讀來雖仍有趣味與感動，但閱讀過程中會有強烈的古舊歷史氣味撲鼻而來，知覺小說內容和我們之間的時空差距。相對地，夏目漱石的《少爺》、《三四郎》、《此後》、《心》等幾部作品，卻能夠很容易讓讀者進入小說營造的情節與心理渲染中，放下、遺忘了時代與文化的差異，浸淫在一種和小說人物間有著奇特「共時性」的氣氛中，能夠將自我投射在特定小說角色上，有著很自然的情感共鳴。

要有系統地介紹日本近現代經典小說，以夏目漱石為起點，毋寧是沒有任何懸念的自然選擇。累積多年來陸續將夏目漱石主要小說作品大致讀過的印象，我還有一個原本也以為沒有懸念的選擇，那就是以《心》為夏目漱石的關鍵代表作，應該透過對於這部最為成熟且複雜的作品為中心，來開展解讀夏目漱石的文學關懷與成就。

因而在「誠品講堂．現代經典細讀」規畫課程時，我就安排了以《心》作為指定閱讀書籍。不過接著在準備課程的過程中，意料之外的情況出現了。為了求全，我特別找了過去從來未曾讀過，即使在日本都算是夏目漱石作品中大冷門的《草枕》，讀了第一次大受震動，連忙又仔細讀了第二次，確認了震動的根由。

《草枕》解決了我過去認識夏目漱石的一道瓶頸——如何除了強調夏目漱石小說作品的風格多樣性之外，找出貫串諸多異質內容的某種統合價值觀或人生、社會追求？很難想像這批集中在十多年間完成的豐富作品，彼此之間缺乏有機的連結，但每本小說卻又似乎各具性格，擺出要朝不同方向奔放的熱鬧姿態。

幸好有《草枕》。有了這部作品中明確提出的「非人情」與「人情」的對峙拉鋸主題，並且如此精采地鋪陳了「非人情」艱難與奇魅兼具的特性，給了當時的我得以打通任督二脈之感。

因而授課時，原本的計畫被推翻重訂了。花了很多時間介紹、討論、解讀即使是過去讀過許多夏目漱石作品的中文讀者都不見得接觸過的《草枕》，以這部冷門小說來示範夏目漱石寫作小說的一些特殊技法。

另外在從授課到成書的過程中，洪建全基金會的簡靜惠董事長表示她對「東亞史」很感好奇卻不知從何入手理解，要求我在基金會所屬的「敏隆講堂」開設一門有關「東亞史」的課程，經過討論安排，後來成為與「台北電台」合作的「空中教室」形式，我用二十個小時講了「東亞史的關鍵時刻」，整理從明治維新到辛亥革命間，這半世紀中國、日本和韓國的互動歷史。這課程的完整內容現在很容易可以在YouTube上找得到、聽得到。

準備並講授這門課程讓我有機會更深入地閱讀日本史文獻，形成了更明確的理解，尤其是認清了明治天皇在位期間的前後不同階段，絕對不能混為一談。以日俄戰爭為交界點開啟的明治後期歷史中，日本爆發出種種嚴重社會問題，考驗了倉卒打造出的現代體制，也開放了左右翼極端思想的激烈爭鬥空間，動搖了原本的政治與經濟秩序。

夏目漱石正是在這樣的時代環境中創作小說的，關川夏央和谷口治郎甚至將這個時代稱為「少爺的時代」，以此為名，完成了精采的五冊「文學史漫畫」。《少爺的時代》第一冊中將夏目漱石的生活與他的主要作品《少爺》混雜交錯呈現，幫我塑建了作者創作背景的臨場感，對於我能找到切入介紹夏目漱石作品的路徑，也有很大的影響。

對於夏目漱石的解讀，是這套一共十本書中的第一本，我努力實踐「要將金針度與人」

的期許，雖然書中必然呈現了許多我自己閱讀作品的主觀心得，但書的重點不在凸顯個人主張與意見，而是希望能夠稱職地提供一些具體的建議，讓大家懷抱在心，如此去讀夏目漱石的任何作品時，都會因而更容易領受其中的訊息與信念，在閱讀中得到更豐富或更深刻的收穫。

書中真正仔細介紹分析的，其實只有《草枕》一部作品，再加上比較明確地指引進入《虞美人草》的方式，然而透過鋪陳時代給予夏目漱石的層層考驗，點出「非人情」與浪漫藝術追求如何在他表面平靜的生活與寫作中湧動，我希望讀者不只會好奇想去接近我略為提到的《少爺》、《三四郎》、《此後》、《門》、《心》、《明暗》等幾部長篇小說，而且會感覺和夏目漱石的情感模式得到更貼切的呼應，聽到作品內更多的真摯聲音，將夏目漱石視為認真探索生活的熱情同好同道。

第一章

「明治作家」誕生——夏目漱石與他的時代

夏目漱石出生的歷史背景

夏目漱石出生於一八六七年，在一九一六年去世。出生那一年正值孝明天皇去世，由明治天皇繼位；而他去世的那一年，是大正五年，也就是他比明治天皇只晚了五年離開這個世界。因而他成長到活躍的時間，幾乎都落在明治時代，可以說是不折不扣的「明治作家」。

在日本歷史上，講到「明治」必然想到「明治維新」，不過明治天皇在一八六七年二月十三日即位，然而「明治維新」卻是從一八六八年開始的。時間差來自於明治天皇的正式加冕禮，比實際登基晚了超過一年半。

這中間所發生的事，同時還牽涉到我們今天如此熟悉的日本首都就在東京，以及為什麼東京會得到這樣的名字。先是一八六八年九月三日，天皇下詔將德川幕府的根據地「江戶」更名為「東京」。這不是簡單的改名而已，更傳遞了重大的政治變革訊息，象徵著天皇正式將一直控制在德川家手中的「江戶」收回。

而「東京」那個「東」字，是對應位居關西的京都，也就是明確地重申日本的中心在京都，江戶則是在東方的一個同等級京城。過去作為幕府基地，在幕府擁有實權，天皇只是象徵性、儀式性元首的時代，權力和財富的中心都在江戶，現在天皇升起、幕府下降，所以權力和財富都該相應轉到京都，但仍然承認江戶的重要地位，所以配給它副首都「東京」的稱號。

這背景是天皇和幕府間的拉鋸變動關係。一八六八年以傳統干支計數是「戊辰」年，這一年還爆發了幕府拒絕徹底屈服的最後一戰，歷史上就叫作「戊辰戰爭」，相當程度上，也就是這場戰爭拖遲了天皇正式即位儀式進行的時間。「戊辰戰爭」拖到一八六九年六月才正式結束，不過到天皇正式加冕時，「王政復古」、「王政奉還」的局勢已經底定，不可能再被動搖了。

王政奉還與黑船事件

「王政奉還」的起點是一八五三年的「黑船事件」。美國海軍的四艘現代艦艇在培里（Matthew Perry）准將的率領下，來到了日本，引發了當時還在幕府統治下嚴格鎖國的日本極大震動。

培里帶著明確的目的來到日本，就是要強迫日本開國。他並非不小心、誤打誤撞闖進日本的，他原本規畫要帶更龐大、更具威脅力的艦隊前來，受到美國國內情況限制，最後才只帶了四艘船來。

培里准將是十九世紀中葉的積極擴張主義、帝國主義信仰者。尤其是心懷著以當時西方最強大的帝國主義國家英國為對手、為榜樣。美國脫離英國獨立，經過了將近一百年，雙方建立了和平且活躍的貿易關係，然而到這時候，英美貿易上明顯出現了嚴重的不平衡。英國工業化進展既早又快，加上英國壟斷了遠東的貿易通路，有很多貨物可以賣給美國，不只是先進的工業製品，就連東方的瓷器、香料、絲綢等傳統奢侈品，美國都大量向英國購買，形成了愈來愈大的貿易入超。

當時流行「重商主義」價值觀，強調國家必須盡力保護自身的貴重金屬，避免外流，認定入超是傷害國家實力與地位最嚴重的問題。美國對英國的入超，引發了像培里這樣的人高度危機感。

美國西岸的重要城市San Francisco，名稱源自天主教的聖者方濟各，然而在中文世界裡通用的名稱卻是「舊金山」，反映了這座奇特城市形成的主要力量。舊金山地形崎嶇，有許多坡度陡峭、上上下下很不方便的道路，人們怎麼會選擇這種地方來定居，發展出這樣一座繁榮的都市？

因為有「金山」，因為淘金帶來的熱潮，為了靠近金礦，黃金的高利益誘惑使得人們願意忍受任何的不方便。「舊金山」曾經是美國加州黃金產銷的重要中心。

然而在一八五〇年代，從數量上看，每年加州開採出來的黃金，至少一半不會留在美國自身的經濟系統裡，而是以入超的形式送去英國了。美國一八四六年取得奧瑞岡州，兩年後的一八四八年，正式併入加州，國家邊境向西開拓到達了太平洋岸。如此樂觀積極的拓展意識中，特別感到對英入超的難以忍受。

對培里這一代的美國主義者來說，美國好不容易經歷了一百多年的開拓，來到了太平洋岸，而且在這裡找到了天賜的黃金。除了有實質的金礦外，還有戰略上的抽象黃金。那就是打通了從美州東岸到西岸的通路，不需要再人老遠繞到南美洲的最尖端，經麥哲倫海峽後又千里迢迢北上。現在可以通過巴拿馬地峽，更重要的，可以在美國自己國內建設通路。

戰略上的抽象黃金應該用來保護實質的黃金，這就是培里的戰略思考。美國到達了太平洋岸，可以直接越過太平洋到達遠東，就不需要像以前一樣，得讓遠東貨品經手英國人，從大西洋海運送到美國東岸。

所以他積極想推動「太平洋策略」，首要的目標是在遠東找到一個超越英國人布局的貿易基地。一八五三年，他硬著頭皮率領對他來說遠遠不夠的四艘船艦急著航向日本，他心中想的不是日本，而是更廣大、更艱難的對英國貿易競爭。

他會選擇日本，有三個主要理由。第一是日本在地理位置上比中國更東邊，也就更靠近美國西岸。第二是日本長期鎖國，所以其他西方國家，尤其是英國，都不曾在那裡建立據點，更不像印尼已經成為荷蘭人的禁臠。第三是日本靠北邊的位置，還可以提供美國從大西洋轉向太平洋發展的捕鯨業，迫切需要的休息站和補給站。

保守勢力的瓦解

培里原本計畫要帶十二艘軍艦前往日本，因為他的盤算很直接、很簡單：一次就以優勢武力打開日本大門，日本政府必須同意要開，不同意也得開。

培里的想法有其依據。因為他研究了過去十年英國和中國打交道累積的經驗。英國及幾個進入遠東的列強在進入中國的過程中，建立了明確、有效的程序。他們知道光是以海軍武力，就足以進犯中國的海岸，威脅中國和談並簽條約。而且他們也琢磨出對西方在遠東最有利，卻又最不受中國政府抵抗的條約內容。

培里帶了這樣的想法與準備，甚至連條約該如何要求都知道了，前往震駭完全沒有防備的日本。

西方列強挾帶著「中國經驗」到日本，這是日本的不幸。不過，換另一個方向看，日本也有自己的「中國經驗」，也在這場戲劇性互動中派上用場。日本已經注意到中國的遭遇，看見中國面對西方勢力的節節敗退。德川幕府長期執政之下產生許多愈來愈難解決的結構性問題，其中一項是封建底層武士的沒落貧窮，加上江戶商業繁榮發展帶來的相對被剝奪感，於是對於西洋的好奇很快就在不安的武士階層帶來進一步的騷動。

司馬遼太郎建構「幕末史觀」的經典代表作之一《龍馬行》中，一開場描述的就是坂本龍馬不顧禁令，偷偷去看美國黑船的場景。顯現出當時在龍馬所處的武士圈中，已經有了如何應對西方的想像與討論。龍馬早早就選擇了開國的立場，嚮往海洋，所以黑船的到來令他既驚訝又興奮。

當然，龍馬是少數派。受到黑船震撼之下，多數派的立場是討論該如何繼續維持鎖國。但因為有中國的前例，也不能單純只是說要鎖國就鎖國。於是有像佐久間象山這樣的人，認真思考「如何鎖國」，並作了詳細的計畫，對幕府提出建議。

佐久間的思考，主要還是參照中國的狀況，認為要鎖國不開放，那就一定要學習砲術，在沿海建構防守砲台。不過他在這個基礎上再向前延伸，強烈主張長遠來看，光是有砲與砲台是不夠的，更進一步必定要造船，更要建立自己的海軍。

日本幕末的歷史中，佐久間象山和他的弟子吉田松陰有很重要的地位。他們是支持幕府也支持鎖國的，然而弔詭地，他們認定日本要能鎖國的條件，卻指向開放。要向西洋學技術，還要模仿西洋的方式建造海軍，也就是要讓日本人更積極地往海上去。這其實不就打破了德川幕府原本嚴格管轄海岸，將人民鎖在島嶼陸地上的政策？

他們提出的主張影響很大，連站在幕府這邊的人，都相信應該開放，從而使得「黑船事件」發生後的日本快速變化，真正固執的保守派勢力土崩瓦解，不論是支持或反對幕府的人，都接受了開放向西方學習的必要性。

改革快轉中的明治維新

培里在日本，向幕府政府遞送了來自美國總統的國書，國書的對象是日本的「世俗皇帝」。美國人知道日本有兩個國家領袖，理所當然假定有一個是宗教的，另一個是世俗的。美國要談條約，當然要找具備實權的領導者，那在日本不是天皇，而是幕府將軍。

很自然地在和美國及其他西方勢力交涉過程中的笨拙、屈辱，引發了日本社會對於幕府的不滿。過去兩百年間德川幕府強力壓制各地強藩，本來就累積了許多潛在的衝突，此刻看到德川家顢頇無能，這些勢力便高張反對旗幟。

江戶時代最盛大、最有名的「大名行列」，看起來很熱鬧、很驚人，然而在政治上的實質作用是逼迫強藩藩主定期到江戶晉見幕府將軍，而且旅途上一路鋪張耗費，將他們的財富花掉，不得累積在自己的領地裡。藩主身邊的家臣也要跟著去江戶，還嚴格規定他們必須在江戶待多久的時間，保證這些人也受到德川家監管，不會只效忠藩主，勾結做出對幕府不利的舉措。

這樣的手段在統治上有其效果，但遇到變局時，原本敢怒不敢言的強藩就藉機聯合抵制幕府了。最大膽積極的，是在南方九州的幾個強藩，他們的根據地離江戶很遠，而且地理與氣候的條件讓他們有著比較豐厚的經濟與武力資源。而且他們很聰明地拉攏了天皇作為反抗合法性的基礎。

一開始的騷動爭議是針對該繼續鎖國還是該開國，然而沒多久，開國成為勢不可擋的共識，騷動的焦點轉移到「公武合一」或「王政奉還」。

兩者都是將原本純粹象徵性的，一直在權力暗影中存在的天皇，推到了政治的最前方。「公武合一」指的是「公家」，也就是天皇，和「武家」，也就是幕府，要齊心協力解決問題。這是承認在危機中幕府的權威不足，所以要拉攏天皇，藉天皇來創造更大的團結力量。「王政奉還」卻是要排除幕府，將實權還給天皇，解決日本政治上長達幾百年的二元結構，將象徵與實際的統治地位合而為一。

一陣混亂中，在一八六七年，也就是夏目漱石出生這年，又發生了孝明天皇去世的事件。在當時的騷動情境下，天皇死訊一傳出，就同時出現天皇並非自然死亡的耳語。言之鑿鑿的說法是天皇朝廷中的倒幕派大臣木戶孝允毒殺了天皇，原因是孝明天皇支持「公武一家」，阻礙了更激進的「王政奉還」改革計畫。

很多人相信這項謠傳，卻沒有人追究，顯示了德川幕府之不得人心。明治天皇即位後，身邊的大臣一面倒地反對「公武合一」，幕府的處境於是更艱難了，要求「王政奉還」的壓力也愈來愈大。

但其實天皇已經幾百年沒有行使過統治權了，並沒有一個現成可運作的朝廷，要「王政奉還」就必須由幾個強藩聯合起來，一方面推翻德川幕府，另一方面協助天皇新組政府。

天皇沒有經驗、強藩也沒有經驗，但他們很快擬定了簡單的策略，積極推動。既然幕府是因為無法應對西方強權問題而垮台，那麼「王政奉還」後的施政重點就放在盡快引進西方制度，讓日本快速西化，不只要取得阻止洋人侵奪的能力，還要贏得列強的尊重。

西化浪潮中的「文化堆疊」

這是「明治維新」的根本精神。長達三十年的時間中，由政府主導的制度改革持續進行，思想與生活只能在後面追趕。日本進入快轉模式，快到使得人沒有餘裕可以停下來問問題。

「大政奉還」之後是「版籍奉還」，廢除了封建制度，然後是成立貴族院、下議院，一路一直衝到立憲，這過程中誰都不能多問一聲：為什麼要這樣做？更不能問：有別的做法、別的可能嗎？答案已經包含在行為裡——西方是這樣，若我們要像西方一樣強大，也必須這樣。

甚至就連甲午戰爭之後，在下關春帆樓談判時，伊藤博文對李鴻章提出了割讓台灣的要求，動機也很簡單——所有的西方強國都有殖民地，日本也應該盡速取得海外殖民地。後來的發展證明，日本根本沒有弄清楚經營管理一個殖民地有多複雜、有多困難，好不容易占領了台灣，耗費了龐大經費，發現這看起來像是個錢坑啊！於是日本國會一度要求將台灣轉賣出去，甚至還向潛在的買主英國、法國分別兜售過。

「明治維新」進行了二十多年後，發生了中日甲午戰爭，更強化了日本矇著頭學習西方快速西化的信心。那是一場大驗收，結果比日本人自己原先預料的還要成功。不只是打敗了傳統上擺出宗主國姿態的強鄰中國，而且強迫中國簽下連西方列強都不曾得到過的一份割地賠款不平等條約。還不只如此，戰爭結束後，中國掀起了留學潮，大批青年湧到日本來積極向日本學習。

這證明了二十多年的急速改革是對的，得到了無可否認的強大成果，因而更應該利用從中國得來的龐大賠款，持續推動西化與現代化，不能停、不該停。

西方衝擊到來之前，日本的傳統社會與文化已經形成了一種特殊的結構，在人類學中稱之為「堆疊式文化」。日本持續接收了許多外來文化，但這些外來因素進來之後，往往沒有經過acculturation（文化適應），和原有的文化融合，產生複合型的新文化，而是創造了一個新的文化層，堆疊在既有的社會行為、風俗之上，並立並存。

所以日本歷史上的主流文化現象，不是acculturation，而是stratification（堆疊）。「大化革新」時，唐朝文化大量進入日本，成為平安朝貴族文化的主要內容，但既沒有在貴族間和原有的神道文化互動融合，更沒有影響到更廣大的庶民層。神道文化中強烈的泛靈論，以及庶民文化中強烈突出的情色文化，都沒有被中國儒道思想改造，原汁原味地保留著。

日本的獨特現象：上層壓著外來的儒家文化，底下卻是神道文化所保障的萬物皆有靈，可以有百萬諸神的神社信仰。另外台灣人喜歡形容日本人「有禮無體」，也就是這種stratification所帶來的不統一、並立現象。「禮」是外來的，用在外表上，卻沒有改變內在的「體」，對待身體對待情欲的態度，在日本從來都保持著傳統庶民文化的性質，兩者明顯矛盾，但無礙於在日本人的生活中分層並存。

等到後來「蘭學」發達，再到西方事物湧入，日本接收的方式，也是再創造了另外一層，和儒學、和神道、和庶民情色文化並存。如此不協調的因素不需經過痛苦掙扎的融合過程，就能很快進入日本，在日本存在，沒有引發像在中國那樣複雜、漫長的抗拒、變形、融合過程。

晚熟的小說家

夏目漱石成長於這樣的時代潮流中。他的漢文很好，可以從他的筆名「漱石」清楚看得出來。「漱石」二字出自中國六朝典籍《世說新語．排調》中孫子荊的故事。晉朝流行隱居避世，孫子荊表現自己趕得上流行，就用文雅的語言描述了自己的理想生活，他想說的是「枕石漱流」——一種沒有人為干預的大自然生活，頭枕在石頭上睡眠，醒來就汲取身旁的溪水漱口，卻不小心口誤說成了「漱石枕流」，聽他說話的王濟就調侃他：「哇，頭可以枕在流水中？石頭怎麼拿來漱口？」孫子荊急中生智，硬拗說：「枕流是為了洗耳朵，漱石呢，是為了磨利牙齒。」

夏目漱石十五歲之前受的教育以漢文為主，十五歲時進入成立學舍就讀，才開始轉而學習英文，二十一歲升入第一高等中學英文科，後來再進入東京帝國大學英文系，二十六歲畢業，之後繼續在東京帝國大學大學院（即研究所）攻讀，同時任職於高等師範當英語教師。到了一九〇〇年，這一年他三十三歲，被派往英國倫敦大學留學，到一九〇三年初回東京時，他已經三十六歲了。

回國後的第二年，一九〇四年，夏目漱石才開始動筆寫他文學生涯中的第一本小說——《我是貓》。這本小說用一隻貓的視角來看人間，最初先在一本兒童雜誌上刊登了一小段內容，然後才換到《子規》這本雜誌上正式發表。《子規》雜誌的名稱來自於近代文學史上的一位重要作家——正岡子規，而正岡子規是夏目漱石的中學同學。文壇上會出現《子規》這本雜誌，是為了紀念在一九〇二年去世的正岡子規。這意味著同輩的光燦文學明星正岡子規已經寫完了人生所有的作品，告別人間之後，夏目漱石才剛起步進行小說創作。

還不只如此，夏目漱石的另一位中學同學也在日本近代文學史上占有重要地位，那是尾崎紅葉，他比夏目漱石晚一年出生，在夏目漱石發表《我是貓》的前一年，一九〇三年，尾崎紅葉就去世了，留下《金色夜叉》這部日本近代小說經典。

相較於正岡子規、尾崎紅葉，夏目漱石在小說創作上非常晚熟。從一九〇四年他正式開筆寫《我是貓》，直到一九一六年去世，真正用在小說創作上的時間前後只有十多年。換一個角度看，短短十多年間，夏目漱石竟然就留下那麼多部重要的作品。

晚熟的夏目漱石開始寫第一部小說時人生已經大致定型了，因而使得他的作品在日本文學史上能夠發揮更大的影響力，因為他有了充分蓄積，有了堅定看法，在創作上幾乎完全不受當時的文壇風氣左右與影響，在當時的主流之外，開創出自信、獨特的一片天地。

第二章

破格與越界——夏目漱石的文學探索與實驗

重思「什麼是文學？」

夏目漱石在一九〇〇年到英國留學，三年後的一九〇三年回到日本。具備當時極為少見難得的留學資歷，夏目漱石一回到日本就受到文壇的特別重視。在成為小說創作者之前，夏目漱石已經先以評論者的身分嶄露頭角，取得一定的地位。

一九〇七年，夏目漱石出版了《文學論》，書中序文用帶有戲劇性誇張意味的方式如此宣告：

……我決心要認真解釋「什麼是文學？」，而且有了不惜花一年多時間投入這個問題的第一階段研究的想法。（在這第一階段中，）我住在租來的地方，閉門不出，將手上擁有的所有文學書籍全都收藏起來。我相信，藉由閱讀文學書籍來理解文學，就好像以血洗血一樣（絕對無法達成目的）。我發誓我要窮究文學在心理上的必要性，為何誕生、發達乃至荒廢。我發誓要窮究文學在社會上的必要性，為何存在、興盛乃至衰亡。

這段話在相當意義上呈現了日本近代文學的特質。首先，文學不再是消遣，不再是文人的休閒娛樂，而是一件既關乎個人存在，也關乎社會集體運作的重要大事。因為文學如此重要，所以也就必須相應地以最嚴肅、最認真的態度來看待文學，從事一切與文學有關的活動。

其次，文學不是一個封閉的領域，要徹底了解文學，就必須在文學之外探求。文學源於人的根本心理要求，也源於社會集體的溝通衝動。弔詭地，以文學論文學，反而無法掌握文學的真義。

夏目漱石突出地強調這樣的文學意念，事實上，他之所以覺得應該花大力氣去研究並書寫《文學論》，是因為當時日本的文壇正處於「自然主義」和「浪漫主義」兩派熱火交鋒的狀態，雙方尖銳對立，勢不兩立。夏目漱石不想加入任何一方，更重要的，他不相信、不接受那樣刻意強調彼此差異的戰鬥形式，於是他想繞過「自然主義」及「浪漫主義」，從更根本的源頭上弄清楚「文學是什麼」。

文學上的「自然主義」是什麼呢？這是源自法國，從「寫實主義」進一步推展的小說風格與相應的信念，最主要的提倡者與實踐者是左拉（Émile Zola）。「自然主義」的「自然」採用的是十九世紀龐大科學發展所帶來的形象，「自然」是科學研究的對象，透過科學方法，尤其是進行實驗，人類得以掌握了自然的規律。

孔德（Auguste Comte）開始積極將原本探索自然的科學精神、科學方法運用到對於人的研究上，打破在此之前自然與人文知識之間理所當然的壁壘。現代心理學與社會學的建立都受到孔德強烈的影響。

然而將科學方法運用在人的理解上，很快就遇到了難以突破的瓶頸，提醒了人的現象和自然現象有著最根本的差異。那就是科學方法以實驗為基石，科學知識中最為確鑿的來自嚴格實驗結果，但是對於人，不管是個別的心理運作或集體的社會行為，能進行實驗嗎？

這個瓶頸困境糾纏了剛誕生的「社會科學」。馬克思（Karl Marx）、韋伯（Max Weber）、涂爾幹（Émile Durkheim）等人都曾從不同方向提出對這個問題的解決之道，構成了另外一支強大的「社會科學方法論」知識潮流。而左拉也參與了這方面的思考，並提出了獨特的看法。

左拉主張：小說就是人的心理與社會實驗室。我們無法拿真實的人來做實驗，但我們可以在小說中創造擬真的人，控制好各種設定，在小說中進行實驗。如此便能將人的行為、人的現象「自然化」，運用小說家的想像力，依循嚴格的規律，看出一個人人生的軌跡。左拉強調，對人有決定性影響的主要有兩種因素，一是遺傳，另一是環境，所以小說中進行實驗的方式就是設定好一個人的遺傳性質——什麼樣的父母與家世，然後放入特定的環境中，看看他會有怎樣的遭遇，又將成為一個什麼樣的人。

「自然主義」的想法落實在作品上，例如左拉的《娜娜》，與其說是在探索，還不如說是在示範。示範如果讓一個人從父親那裡得到一點敗德的遺傳，再從母親那裡承襲了瘋狂的成分，進入大城市的貧窮環境中，那麼所有這些成分會像牢籠一樣劃出一個很小的範圍，她的一生必定落在其中，無從逃脫。

不拘一格的文學嘗試

夏目漱石直到一九〇四年，三十七歲時，才開始寫第一部小說《我是貓》，一九一六年，他就去世了，前後真正得以進行小說創作的，不過才十年多一點的時間。如果他不是那麼晚才開始寫作，想必會在日本文學史上留卜更多的作品吧！不過換另一個角度看，如果不是那麼晚才開始寫作，他在日本文學史上會因而有更大的影響力嗎？

夏目漱石的小說創作迸發出驚人的能量，十幾年間光是長篇小說，從《我是貓》到《道草》，就完成、出版了十四部之多。更驚人的還在他每一部小說的寫法幾乎都不一樣，也使得我們理解他的作品時，不時會感到困擾——不知道應該如何讀這些風格不一的小說，如何去理解它們彼此之間的關係。

一位作家和他自己的作品之間不見得有必然、固定的關聯，但是首先，從自我生命經驗來思考，你很難想像小說家在寫作時，他的幾部作品之間是毫無關係的。其次，為了在作品中讀出更多意義來，無可避免地，讀者會好奇作者究竟是什麼樣的一個人，進而去連結這位作家的其他作品和現在正在讀的這本書，彼此之間可能含有的關聯性。

由此一立場來分析，夏目漱石之所以創作出風格不一致的小說，其中一個重要關鍵在於要對抗那個時代排山倒海而來、新捲起的小說潮流。經過了一百年之後，當你去接觸夏目漱石的作品，不得不從文學與藝術的角度去肯定他的小說成就——不隨波逐流、不追隨潮流起舞的精神。

夏目漱石為何嘗試寫下這些風格不一致的小說？因為他不認同當時主流的自然主義小說。他極力擺脫自然主義，要在小說這個領域上另闢一番天地。真正出自於良心，要去摸索、探求存在於主流之外的藝術模式，這當然是一條相對艱難的創作之路。夏目漱石不拘一格，勇於嘗試新式的小說創作，如果不是具備深厚的文學與人生底蘊素養不可能做得到。

在夏目漱石所有的實驗小說中，它們之間的共通點是都貫徹了一個主題——那是由小說《草枕》所點破的「人情」與「非人情」之間的糾葛。《草枕》是夏目漱石藝術生命上的重要主軸，我們可以從中體會到他理想中極簡單又最純粹的「非人情」天地。

《草枕》呈現出一個怎樣的世界？一個由都帶有「非人情」傾向的角色所構成的乾淨世界。小說中的敘述者「我」以藝術家的眼光去觀看現實，試圖找出一個「非人情」的安身立命位置。他所遇到的女性——那美小姐則以生命中奇特的能量，隔絕「人情」的干擾，為自己樹建了雖小卻精巧的「非人情」環境。

在《草枕》中，夏目漱石從藝術的原點出發，一層一層地去探索什麼是「非人情」。《草枕》勾勒出可以讓藝術家毫無來歷地進出的情境，整部小說沒有開頭、沒有結尾，只是剪影刻畫了一段「非人情」的逍遙之旅，展現出夏目漱石的藝術涵養。

以《草枕》叩問藝術的真諦

《草枕》不是以情節為主的小說，很多地方讀來不太像小說，像詩，甚至像論文。作品中描述重點不在於發生了什麼事，而是鋪陳時間流淌中的觀察、體會與心境。不過這部作品卻也絕對不是散文或隨筆，因為巧妙地讓其中的第一人稱敘述者「我」所經歷的和所思索的呼應結合，構成了一個嚴密的整體。另外在小說中塑造、刻畫了一個時而神祕、時而好笑、時而戲劇性的女性角色。

中文世界譯介了許多夏目漱石的作品，然而可想而知，沒有那麼明確具備小說性質，不能理所當然地用一般方式來閱讀的《草枕》，幾乎是最不受注意的一部。然而從兩個方面看，我會鄭重推薦大家不要錯過這部作品。

第一是這部小說，和另一部也沒那麼容易閱讀的《虞美人草》，是夏目漱石表達內在深刻思想內涵的作品。他和同時代其他作家最大不同，就在於不願意想當然耳、人云亦云地寫描述明治時代激烈社會變動的「自然主義」小說，或撿拾自己生活中帶有高度私密性，最好還有一點敗德懺悔意味的部分構成的「私小說」。他要自己重新探測文學、小說的意義，也要離開已經形成的慣例去開拓文學、小說的可能性，這是他最了不起之處，也是他最大成就所在。而《草枕》給予他新的形式自由，讓他能將相關的藝術信念掙扎與形塑過程記錄在其中，等於是貫串他所有小說的一份深層指南。

第二是《草枕》如詩、如哲學與藝術隨筆，書裡面含納了許多關於人生與創作的原生想法，值得細細咀嚼，從中得到特別的智慧。

這部書第一次出版時，書名是用假名寫的「くさまくら」，有興趣的人可以去找二〇〇八年出版的英文譯本，書名叫 *Kuscmakura*，也就是純粹音譯，沒有譯出意思來。為什麼選擇這個書名？最主要是在一九六五年曾經有另一個譯本，將書名譯作 *The Three-Cornered World*，而且當時的譯者 Alan Turney 有特別解釋為什麼不將書名譯作 *The Grass Pillow*。直接翻譯《草枕》的意思凸顯不出來這個詞在日文中特殊的來歷、淵源、典故，同時也無法捕捉這部小說特殊的價值。所以他寧可選擇了書中一段話來代表小說內在的精神：

我想你可以說藝術家是活在本來四個角的世界卻被移除了叫做「常識」的那個角，只剩下三個角的情況的人……

藝術家活在沒有常識的世界裡。那不只是藝術家自我的選擇，而且構成了藝術家最核心的條件。當所有人都活在「人情」中，甚至都為「人情」而活時，藝術家離開「人情」進入「非人情」，以「非人情」為其生活與作品的主要精神。

夏目漱石藉《草枕》認真探問：藝術到底是什麼？怎樣的因素、怎樣的成分，或如何的資歷使得一個人成為藝術家？為什麼在社會中有藝術家？還有，藝術家應該和人世間的現實有什麼樣的關係？

這是致使這部小說容易被譯介到西方，相形之下卻很難得到中文讀者青睞的根本原因。

「浪漫」一詞的創譯

今天我們通用的「浪漫」這個詞，是夏目漱石翻譯的，中文再從日文套用過來。「浪漫」對應的是 romance、romantic、romanticism，其實之前已經有森鷗外所翻譯的「傳奇」，但自從夏目漱石改譯之後，「浪漫」很快就取代了「傳奇」。

夏目漱石的確比森鷗外高明多了，他很明白 romance、romantic、romanticism 是無法在中國或日本傳統語言概念中找得到對應的特殊情感。甚至連在西方，都是十九世紀才突然興起大為流行的新鮮事物，如此新鮮、奇特，當然必須、只能用完全新創的詞語來表現。

《草枕》小說從一開始，就指向了這種「浪漫」的追求，提出了人要如何突破既有邊界限制去開發更大、更豐富體會的根本問題。但卻又將這樣的問題放置在高度「和風」的情境中，使得全書呈現出一種既和又洋，既不和也不洋的獨創混和曖昧性質。這和他創譯「浪漫」一詞的高度文化差異敏感性，顯然是一脈相承的。

因而作為中文讀者，我們應該更小心應對《草枕》書名這兩個字。這是需要仔細解釋並用心體會的一個觀念，不單單是兩個我們一眼看過去就覺得自己當然認識的漢字。

兩位英文譯者一前一後，都決定不將「くさまくら」直接翻譯為*The Grass Pillow*，就是要避免讀者產生太理所當然的聯想，錯失了夏目漱石所要表達的複雜意味。

くさまくら從訓讀發音上可以知道，這來自日本本土語言，不是由中國傳過去的，是後來才選用了漢字來標示這已經存在於日語中的語詞。

「草枕」字面意思是「以草為枕」，而不是指在裡面填了草的枕頭。「以草為枕」是睡覺時沒有一般的、現成的枕頭可以用，而睡在草上，也就是露宿。更進一步，「草枕」借喻人和自然的一種親密關係，以身體直接貼在土地上，去除了日常的各種人為物品的中介、隔離，人就在自然中，還原為自然的一部分。

而在小說中，夏目漱石更進一步延伸設定為「草枕」是「離開了『人間』的短暫情況」。日文中的「人間」是「人」，也是「人世」，而構成「人間」的主要成分，對他們來說最主要的是「人情」，所以「草枕」是人暫時得以離開、擺脫「人情」所產生的經驗與思考。

「人間」、「人情」或「人情義理」在日本社會極其重要，一直到今天日本人的生活仍然充滿各種「義理」的要求，在傳統中「義理」當然更是全面籠罩了每個人的生活。隨時都活在「人情義理」裡，久而久之，人沒有了自我，只有人際倫理規範所要求的集體角色，離開了社會角色，就無從行為，也不知道自己是誰、自己在哪裡。

所以「草枕」另一層的意思指向人會不時出現一股衝動，想要逃離「人情」，得到自由並尋找共同「人情」以外的自我。而自然，是最簡單、最常見，讓人得以逃離的誘惑。

藝術與「人情世故」的矛盾

雖然「漱石」這兩個字，最早是中學同學正岡子規用來作為寫俳句的筆名，後來才由夏目漱石襲用，但選定不改變這個名字，還是與夏目漱石深層人生觀有一定的連結。

那樣一種由人世引退，進入自然的嚮往，以及即便想退隱仍然會被人世的語言、人際的互動干擾的狀態，表現在「漱石」的典故上，也表現在《草枕》的書名及其內容中。

「草枕」代表的就是一種離世、離開「人情」的意欲與狀態，因而也可以說是從「人情」轉入「非人情」。「非人情」這個觀念貫串了這部小說。小說中的主角是一位畫家，他出發踏上旅程，展開了對於旅程的紀錄。而之所以有這趟旅程，不是因為他要去哪裡，而是他要尋求一種「非人情的生活」，重點在於離開，要離開一般、日常、固定的「人情生活」，而不在於去到哪裡的哪一個目的地。或者該說，旅程開始於明確的離開，但不確定要去哪裡、會去那裡。

這樣的旅行並未事先安排好行程路線，沒有固定拜訪景點，所以心中有著一種不妨走到哪裡就停留在哪裡，甚至餐風飲露都沒關係的「草枕」心情。

這個敘述者是一位自覺的藝術家，旅程開始之前，他的生命中已經存在著根本的困擾，那就是藝術該如何和「人情」共存？人情世故是藝術的對反，甚至是藝術的敵人，藝術家同樣是人，不可能沒有「人情」、完全不顧「人情」，但如果他被「人情世故」或「人情義理」綁住了，什麼都有規範、都有現成的答案，怎麼能有藝術上的創造性呢？

真正最精采、最獨特的，是夏目漱石面對這項困惑的提問方式。他不是從負面的角度問：那麼一個藝術家要如何離開「人情世故」？而是經過了一個迴彎轉折，問：如何能夠找到一種「非人情」的生活呢？

這是不一樣的視角。那就不是要描寫人如何隱遁，如何離群索居。藝術家還是人，還是要有生活，不可能真的變成自然界的一棵樹或一隻老虎，但他又沒辦法過一般人的「人情生活」，於是和他的藝術衝動同時發生，並且必須同時處理的，是如何為自己尋找、創造出「非人情生活」，就如同在大自然裡找到一顆「草枕」，既不是人為刻意的枕頭，卻還是提供了安睡的一份依賴。

小說一開頭便說「人世不易」，活在人間不容易啊！敘述者之所以要踏上旅程，要帶著對「非人情」的嚮往上路，正因為他發現了、確知了人情的羈絆與限制。

想當然耳的「人情」與活得精采的「非人情」

什麼是「人情」？

《草枕》開頭是一段看起來像老生常談的俗話：太聰明的人會被聰明所誤，感情太豐富的人容易過於衝動，至於固執的人則會跟自己過不去。如果有這些個性上的問題，該怎麼辦？太聰明的人修正變笨一點，感情豐富的人要盡量別衝動，太固執的就放軟自己的身段別一直那麼硬。

然而接下來，夏目漱石特殊的看法出現了。如此對治個性問題的方式，就是「人情」，常識中的集體智慧，想當然耳作為可以解決問題的答案。但真的嗎？真的都有如此這邊出問題就調整一下挪到別處就解決嗎？小說的起點是：敘述者「我」領悟了「人生不易」，真正艱難之處就在於沒有這種可以逃避的選擇，去到哪裡都是艱難的。

所以必須拋棄原本「人情」思維的固定模式，開始「非人情」的思考。守著「人情」到處都是艱難，那麼有沒有辦法可以找到高於這個「人情」世界的所在，過一種離開「人情」的生活呢？

在「非人情」的思考上，藝術具備特殊意義。「人世不易」無法逃離，那麼就接受生命短暫即逝的事實，不要避來避去應和「人情」，而是努力活得精采，正是在這種態度中，詩人誕生了，畫家的使命出現了。藝術家各盡其才使得「人世」得以恬靜，人們內心變得豐富，這是藝術家值得受崇敬的理由。

在「人情」中流轉，我們總是這裡遇到困難就躲到相反不同的地方去，不斷流轉，以為能找到不困難的生活。然而事實上沒有這種地方，你永遠找不到。那怎麼辦？那你就不逃了，轉過來面對困難，將困難化為讓生命豐富的資源。

在這裡，夏目漱石顯然接受、承襲了西方浪漫主義對於藝術的看法。由夏目漱石以漢字定名的「浪漫」有兩種意涵，一種是我們想像情人節共進燭光晚餐，或兩人激情擁抱的那種「浪漫」。但還有另一種更龐大，十九世紀席捲歐洲的集體思想與生命態度潮流，那是「浪漫主義」，其根本精神是要追求極端與超越。

浪漫主義的前提，是不接受任何現成認定的疆界，特別是感受與感情的疆界。浪漫主義要追求人的感官極限到底在哪裡，不願停留在「正常」的範圍中，要去冒險試驗「正常」以外的衝擊。在「正常」之外，究竟藏著什麼樣的波濤洶湧，會帶給我們什麼樣的激動與震撼？

從西方文學的浪漫主義看「非人情」生活

浪漫主義時代最具代表性的詩人，是濟慈（John Keats）、是雪萊（Percy Bysshe Shelley）、是拜倫（Lord Byron）。

羅馬有一個觀光客必訪的景點是「西班牙台階」，又高又寬的白色石階在經典電影《羅馬之戀》中再搶眼不過。就在台階下方，面對台階的右方，有一幢小屋，門口掛著小小的招牌，寫著Keats-Shelley Memorial House。

這是英國詩人濟慈最後去世的地方，他死在羅馬，當年只有二十五歲。雖然這麼年輕就死了，但他卻已經寫了好多首足以改變英國乃至歐洲流行詩風的經典作品，明確改變了文學史的走向。而且他替自己想好了墓誌銘：「這裡躺著一個將名字寫在水上的人」，本意是表現人生如流水，流過去就流過去了，什麼也留不下來；然而弔詭地，不只是他的名字沒有如流水逝去無蹤徹底被遺忘，就連這句墓誌銘也攫捉了一代又一代的文學心靈。

這間紀念館又連上了另一位英國詩人雪萊，因為是雪萊先到了義大利，熱情地召喚濟慈一定要離開英國的現實生活，來體驗羅馬的古文明與異質感受。濟慈來了，卻受到肺病折磨，已經無法和雪萊一起遊歷了，沒多久便死在羅馬的這間小屋裡。

濟慈死後，雪萊寫了一首悼亡詩，標題是〈阿多尼〉（Adonais）。不過雪萊自己也沒有比濟慈長壽多少，只活到二十九歲。雪萊在二十九歲時，為自己造了一艘小船，將船命名為Don Juan。這名字來自另一位詩人好友拜倫的長詩。一度這艘船被改名為Ariel，那是莎士比亞詩劇《暴風雨》中精靈的名字，這隻為魔法師Prospero所馴服的精靈最大的本事就是呼風喚雨創造足以造成船隻海難的暴風雨。但拜倫知道了很生氣，硬是要雪萊將船的名字改回Don Juan。

雪萊搭乘這艘船出航，在離海岸不過才一英里的地方沉船，溺死在海中。會發生這樣的事，端倪已經顯現在他將船改名為Ariel的事情上了吧！那一天，雪萊明知道有暴風雨來襲，他是為了要在海上體會暴風雨的襲擊而刻意出航。

這完全依循著浪漫主義的原則，要去嘗試、要去冒險，要去尋找非常的、別人沒有體驗過的極端感受，即使必須付出生命的代價亦在所不惜。

所有這些浪漫主義的藝術家：詩人、作家、畫家、音樂家……他們都瞧不起一般世俗的規律規範。世俗或「正常生活」的特質就是「不浪漫」、「反浪漫」，將人關鎖在固定的狀態中，使得人的感官因為不斷重複而麻木萎縮，再也不知道自己究竟能有多敏銳的知覺、多強烈的感情。

「不浪漫」、「反浪漫」的世俗將每個人都變得一樣，於是你再也不知道自己到底是誰，是一個什麼樣的人。唯有離開世俗與「正常生活」，在浪漫的越界、破格追求中，在非常的狀況中，人才能有自我決定，才能發現自己了解自己。

夏目漱石在歐洲受到了浪漫主義的洗禮，活在當時的那種時代氣氛中，當他寫下「非人情」這個詞語時，他的意念已經包括了一些不在日本或中國文化涵蓋範圍內的成分。

「人情」就是正常，就是「非浪漫」、「反浪漫」。那麼一個人如何能在正常生活中成為一位藝術家？或反過來問，藝術家會需要什麼樣的「非人情」生活？如何去尋找、如何去創造這樣的「非人情」生活呢？

這是個大論題，而夏目漱石要用自我生命的體驗，作為一個日本人的不同感受來重新探索、解釋什麼是藝術，什麼是藝術家。用「人生不易」的感慨為《草枕》開頭，很快地小說中就出現了詩，雪萊最有名的一首詩〈致雲雀〉（To a Skylark）。

夏目漱石直接引用了五行詩，這五行詩揭露了探索「非人情」旅程的不同階段。第一個階段是：

> We look before and after,
> And pine for what is not:

在時間之中，我們向前看未來，向後看過去；在空間中，我們眺望眼前，又轉身回望後方。我們不安地一直尋找，因為我們要找的，值得我們逡巡尋覓的，就不是現實、不是「是」，「是」讓我們不耐煩，更讓我們不信任，有一股內在的衝動不斷刺激我們去找那「不是」。

弘一法師人生最後的感言是「悲欣交集」，這是最寶貴的情感。不再分得清什麼是悲、什麼是喜，悲與喜緊密結合，成為統一的感受。只有當離開了世俗一般認定高興就是高興、歡樂就是歡樂、痛苦就是痛苦、失落就是失落時，你才能成為一位藝術家。藝術的存在便是要給我們「悲欣交集」，要給我們 **what is not**。

接下來他想：不論浪漫、不論戀愛有多麼美好，孝順又如何高尚，忠君愛國如何可貴，一旦捲入利害紛爭的漩渦當中，一旦牽涉到自身利害，就統統變質了，失去原有的價值。在自身利害中不會有詩。

必須要站在旁觀者的立場來體會與思考，也就是離開了現實「人情」的羈絆，看戲才會有趣，讀小說才會入迷。能夠享受戲劇與小說的人，都是在觀看、閱讀時，將自身利害拋諸九霄雲外。

所以真正的詩、好的詩，不應該是鼓勵世間人情的，而是要能讓人放棄俗念，用離開人群的心境而詠出的。所以什麼是「非人情」？其中一項特質是：裡面有感情，甚至有深厚豐沛的感情，但那和個人沒有切身的利害關係。

於是夏目漱石讓書中敘述者轉引了王維的詩句：「獨坐幽篁裡，彈琴復長嘯。深林人不知，明月來相照。」還有陶淵明的詩句：「採菊東籬下，悠然見南山。」但他的重點不在解讀這幾句詩，或單純用中國詩來解釋「非人情」，而是作為轉折，又連繫到對於日本「能劇」的討論。

從西方的雪萊，到中國的陶淵明、王維，再到日本傳統戲劇，這不只是炫學，更是要指出「非人情」與藝術之間的跨文化普遍關係。

第三章
開啟「非人情」書寫——《草枕》

能劇與疏離劇場

《草枕》裡的敘述者獨白：這次出門，為了要有一趟「非人情」的旅行，打算「非人情」地看這個世界，和住在城市小巷裡過那拘束的日子自然不同，雖不能全然擺脫人情，但至少可以達到像看能劇一樣的那種心境。能劇裡面也有人情，但那究竟是什麼？那是情三分、義七分的東西。

對他來說，能劇最大的特色是將世間的人情疏離，在觀看的時候產生和劇中人物遭遇、情感的一定距離。這是一九〇七年夏目漱石在小說中表達的意見，預示了三十年後，等到布萊希特（Bertolt Brecht）的戲劇理論傳到東方，以「疏離劇場」來解釋日本能劇。

依照夏目漱石的解釋，能劇沒有要觀眾百分之百投入劇情，被劇情吸引並將自我投射在戲劇角色上。能劇一方面呈現了感情，另一方面又將感情高度藝術化，讓觀眾覺得這不會是可能發生在自己身上、在日常生活中的感情。

這和我們平常讀小說、看電視電影的經驗大不相同。我們太習慣跟隨著劇情、跟隨著主角變化情感，跟著開心跟著悲傷，而等到小說或戲結束了，情境消失了，我們也就很自然退出來，回到現實裡。

「疏離劇場」卻是要觀眾一面介入、一面欣賞，保持相當程度的自我冷靜態度。觀眾和戲劇中所發生的事是若即若離的，能夠感應，卻不是投入浸潤，而是一直帶著思考與評斷的能力。《草枕》的敘述者要用這樣一種如同能劇、如同「疏離劇場」般的方式，來進行旅程，並記錄旅程。

暫且將旅程中會遇到的人與事都當作是能劇中的結構與表演。這就是「非人情」的具體落實方式：將路上遇到的人，不論是商人、書記、老爺爺、老奶奶，都視為是「自然的點綴」，盡可以讓自己不陷入直接利害、情感，保持第三者的眼光來走、來記錄。

旅程開始了，事實上他的思考是在路上產生的。然後天下起雨來，而且愈下愈大。雨中景物變得模糊迷離，人和大自然原本清楚的關係變得不確定了。走在雨中自然都變得如同夢境，弄不清楚是自己走路在動，還是風吹著大雨在動而自己是靜止的。

他感覺像是有幾條銀箭射入了茫茫淡墨色的世界裡。雨將大自然轉化為水墨畫了，色彩褪去，形狀變得模糊難辨，自己則變成了水墨畫中的形影。這時候，作為主體感受到的是雨，是自己在淋雨快要全身溼透了，然而如果忘卻拋棄這個「我」，轉而將我的模樣想像、看待成別人，在水墨畫中的客觀模樣，那麼不就成了可以拿來吟詠的對象，不就有了詩？

忘掉有形的我，以純客觀的角度看去，才能將我轉化為畫中人物，與自然景物保持完美的和諧。如果感受到雨落在身上又溼又冷的不舒服，詩意消失了，水墨畫也一同消失了。

為什麼要凸顯「非人情」？為什麼要隔離「人情」？因為體驗自我，或以自我中心在體驗外在世界時，不能成為一個藝術家。藝術的產生取決於有能力脫離開來，換一個客觀的視角看到自己走在雨中的模樣，那才有可能是詩、是畫。用自己的感官體驗淋雨、趕路，那是「人情」，不會有詩、不會有畫，這就是「人情」與「非人情」的微妙差距。

山村茶店的老嫗

在雨中走啊走，走到一家很平凡簡陋的茶店。不過茶店的平凡簡陋反映了敘事者不自覺地用著習慣的「人情」判斷產生的。當店主人老婆婆出現，為他將火弄大，陣雨變小了，他的心境隨而改變了：「急不可待的山中風暴一下子吹散了躊躇的雲霧，穿過前山的一角，憂鬱的春日天空又放晴了。」老婆婆指著一個方向，讓他在乍晴的光亮中看見了天狗岩，那是人人都會欣賞的自然景點，然而他的畫家之眼，他的「非人情」實踐，使得他有了很不一樣的視覺感受：

我先是眺望著天狗岩，接下來又看看這個老婆婆，第三次將兩者一半一半地比較著看，這邊是天狗岩，這邊是那個老太太，做為畫家的我，腦中只剩下老婆婆，以及蘆雪曾經畫過的山中女妖了。比起天狗岩來，那個伸著腰、舉著手，指向遠方無袖姿態的老婆婆更適合這春山之路的景色。

在短短兩段之間，敘述從「人情」的習慣視角立即轉變為「非人情」的眼光。「人情」的視角就是一般觀光客的視角，在巴黎的天際線一定先看到艾菲爾鐵塔，走在有雲有霧的路上一定要找到天狗岩在哪裡，看見天狗岩。然而擺脫了固定的「人情」眼光，忘掉了遠目所投射的天狗岩，更廣更深地體會了環境，包括當下的雨景，於是「非人情」地發現如此「春日之路」上，其實老婆婆的模樣，更適合這個環境，比天狗岩更美、更值得看，也更值得入畫。

在茶店和老婆婆聊了一會兒，又來了一個馬伕，老婆婆和馬伕回憶起志保田家的小姐出嫁時，竟然不是坐轎子，而是穿著正式的和服振袖騎著馬，經過了這家茶店，在前面的櫻花樹下停留休息，櫻花紛紛落下，將她為了婚禮而梳的島田高髻上布滿了落花。聽著他們的描述，畫家在心中看見了這個迷人的畫面，更開始了對這位小姐的好奇。

回憶對話接著又轉向這位小姐的不尋常遭遇。她出嫁後，因為戰爭的緣故夫家沒落了，小姐便離了婚回到志保田家，老婆婆形容：「她很像長良少女。」「長良少女」是什麼啊？原來是這個村子裡以前有一個漂亮的姑娘，有兩個男人同時愛上了她。姑娘很為難，不知道該接受哪一個男人的愛，於是她留下了一首歌之後，就投入深潭中自殺了。

老婆婆當場唱起這首哀怨之歌，歌詞說：「秋天來了，芒草花殤，結著露珠，露珠終究要消失，露珠，我的命如同露珠一般。」唱完了向畫家建議，不妨前去拜訪長良少女墓。

在此敘事者又得到了另一層「非人情」的領悟。在現實生活中，有多少不在我們「人情」有限預期中的人與事存在啊！怎麼會想到在一個偏僻荒涼的破茶店裡，「人情」反應中覺得厭惡想閃避的地方，聽見老婆婆唱如此深情有味的歌，而且歌的背後，還有一個奇情的故事。在和「人情」齟齬不協調之處有所體驗，能讓我們接近藝術，成為不同的人。

體驗與訴說

敘事者接著去了志保田家，又經歷了一個奇妙的夜晚。入住志保田家的旅店，睡到半夜聽見有人在唱歌，歌聲很遠，照理說聽不清楚歌詞在唱什麼，但他一下子辨認出來了，竟然就是「秋天來了，芒草花殤，結著露珠，露珠終究要消失，露珠，我的命如同露珠一般……」

怎麼會這樣？白天才聽過的歌，半夜鬼魅地又出現了，是有妖怪在作祟嗎？然而抱持著「非人情」的態度，他的反應不是驚恐、害怕，而是讓自己清醒，得以好好感受這奇遇。即便是在「人情」中反常因而引發恐懼的現象，只要脫離了自我，單純面對，便能成為藝術的題材。

那麼多藝術作品處理、呈現失戀就是這個道理。「忘卻失戀的痛苦，只是單純地將那溫柔之處、體貼之處、憂傷之處，或更進一步將那滿溢了失戀的痛苦之外，客觀地呈現在眼前，就變成了文學和美術的材料。」

更進一步：

甘願描繪不幸的輪廓，並樂於活在其中，和喜歡刻畫烏有之山水、享受內心的天地，必須說站在藝術的立場上，兩者是不分軒輊的。在這一點上，世界上許多藝術家在他作為藝術家的時候，比常人還要愚蠢，還要瘋狂。他之所以愚蠢瘋狂，是因為當他作為藝術家的那一剎那、那一瞬間，他是體會不到痛苦的。

然後他連結白天的路程，離開平常舒服的家而去體驗「くさまくら」的道理：

就像我們的旅程，如果我們在那個旅程上，走得腳瘦流汗，走不動，痛苦不堪，可是這件事情結束了之後，我們向人誇耀、向人訴說我們這一趟旅程的時候，卻看不出有任何絲毫痛苦的模樣。旅行的時候，我們是一種人情的心態，但是當我們講述我們旅程的時候，是一種詩人的心態，這中間是不一樣的，這中間是有矛盾的。

太精采了！真正的旅行有兩個不同的階段，體驗的階段與整理吸收體驗的階段，兩者是不一樣的。前者忙碌不安，後者卻必須要沉靜反思；前者必須以「人情」的態度來處理、解決各種問題、麻煩，從找路、訂旅館、買東西到拍照，但後者則是要排除了這些現實瑣碎，經過「非人情」的主觀粹選，將旅程講述得有意義。兩種態度甚至是矛盾的，如果旅程只有前者，那豈不是太無聊無趣了？

我們大部分人的觀光旅行經驗，停留在第一個階段，缺少了第二個「詩」的、藝術的階段。有相反極端的情況，是楊牧在《一首詩的完成》書中一篇〈壯遊〉裡所說的：他第一次去巴黎時，進入了小旅館，然後就不想出去了。他先在小旅館記錄到了巴黎這件事，竟然能真正到了巴黎的心情，那樣一種高度驚奇與珍視的激動，在此刻，比巴黎的任何觀光景點都更重要。「詩」的、藝術的第二階段，在詩人楊牧的經驗中，甚至超越了、壓過了第一階段，產生了這種奇特的逆反程序——先有主觀體會，才去探望客觀景物。

重點不在於你看到了、拍到了艾菲爾鐵塔，而在你如何對自己、對別人訴說艾菲爾鐵塔，能夠形成有意義的訴說嗎？

被「人情」所遮蔽的美

小說到此說了很多關於藝術的內容，不過主要探討的是態度，而不是作品。這仍然和西方浪漫主義的觀念有著緊密呼應之處。

對於浪漫主義的詩人來說，浪漫的態度浸淫透滿整個人生，作品不過是反映、顯現那樣的心情與感受的，沒有人生態度的基礎，不可能有合格傑出的浪漫主義作品。

我們的畫家敘述者又再發了一番關於藝術的議論。不論處理的是人事或自然，藝術家所做的，絕對不是一般人以為的「美化」，將畫面處理得很美，將詩句經營得很美，那不是藝術真正要追求的。

他以英國畫家特納（J. M. W. Turner）為例——特納是在描繪火車時，才意識到火車之美。在一般「人情」的日常眼光中，火車就是火車，必須要改變自己的眼睛，換上「非人情」的藝術之眼、浪漫之眼，你才體會、認知了火車之美，從內心欣賞、讚嘆火車如此之美，才有可能畫出那樣的火車模樣。缺乏那樣的真心讚美，只是想要用一些筆觸技法將火車

「畫得美美的」，那種作品沒有生命，也沒有價值。

「燦爛的彩光早就已經光明正大地在現實世界裡面實際存在，只因天花亂墜一意在眼之故，俗累羈絆，因為『人情』讓我們看不到。」所以，藝術的作用是什麼？在於擺脫了人情，使我們看見本來就在那裡卻被忽略了的景象。日常中倫敦起霧，人們只覺得麻煩，覺得霧是遮障視線的阻礙，如此即使就生活在霧中，仍然不會看見霧。只有離開了只關心霧中有什麼的眼光，才能看見霧，才會發現霧本身如此之美，或者說，所有的一切加上了霧，這種情景如此之美。

藝術家、畫家不是去美化，甚至不是去創造美，而是去發現，去為一般人揭示被「人情」所遮蔽的美。

小說中放進了大量對於藝術的意見，不過《草枕》畢竟是小說，而且是成就斐然的小說，而不單是假藉小說形式的論文。就在長篇大論後，敘事者突然轉過來自嘲。他罵自己：怎麼會在如此奇特、恐怖的夜晚，最應該集中感受吸收「非人情」經驗的時刻，卻自言自語大作文章呢？這豈不是浪費，而且，這豈不是又落入了另一種「人情」裡？

這是小說，或說這是小說和論文截然不同之處。小說呈現的，是即使同一個人，都不會只有一種態度、只相信一份單純明確的道理。人會動搖、會猶豫、會出現單人複聲、會自我矛盾、會檢討自我矛盾卻又仍然陷入矛盾。

於是明明嘲罵了自己怎麼不好好停止思考，純粹以感官體會如此時刻，我們的畫家敘事者還是忍不住又發了另外一段議論。這次他的思考對象從西洋畫轉到了日本的俳句。

俳句是如此獨特的日本文學形式，全世界最簡短、最嚴格的形式。一首俳句總共只有十七個音，而且必須按照「五七五」的三段分配，而且還一定要在其中嵌裝入「季語」，內容必須能顯現特定的季節。

在夜晚聽聞神祕歌聲時，敘事者突然領悟俳句之重要就在於短瞬間便能完成。一個人在感受最強烈、最衝動的當下，立刻能完成十七音的俳句，留住那份感受。你不會在衝動瞬間想：啊，我來寫一篇兩萬字的小說吧！而一旦出現了要以當下衝動為內容來寫俳句時，你就和原本正在經驗的情感產生了一份疏離。正在生氣時，那憤怒是自己的，然而將這種心情化為十七音的作品之後，憤怒成了某種客觀的事實，成了別人的。

你就是不可能一邊保持自我強烈的衝動，還能夠有辦法寫成一首俳句。開始灑落幾滴眼淚，便以這哀傷淚意來寫俳句，等寫到十五音、十六音時，心情已經開朗起來了，至少夾雜了完成一首作品的喜悅成就感。

這又是藝術特別的作用。

無法被描述的容顏

這個旅行在外的「草枕」之夜還沒有結束。在敘事者昏沉沉睡著後，卻迷濛意識到似乎有人進入他的房間，然後又出去了，而且直覺那是一個女人。

奇幻之夜後，第二天早晨，他醒來去浴室洗澡，第一次遇見這個女人，又有了另一個奇幻情況。他裸著身子出浴，女人竟然拿著他的浴袍，理所當然地等著伺候他穿上。他已經在破茶店裡先聽說過這個女人的身世故事了——那位出嫁後又離婚回家的志保田家小姐。

於是他用很特別的方式來描述這個女人：

從古至今，小說家極力描述故事裡面主角的容貌，已經成為慣例，把所有這些拿來寫女主角的話，全部加在一起，可能比大藏經還要多。現在這個女子站在距離我三步開外的地方，然後呢，帶著一點點促狹的表情，斜眼打量著我狼狽的樣態，要在這個眾多的描述當中找出最恰當的語詞來形容她的話，我真不知道要花多少的力氣才有辦法寫。我出生到現在三十年，從來沒有看過那種模樣。

已經預知了赤身裸體的男人乍遇女人必定會出現尷尬近乎狼狽的模樣，好整以暇地帶著捉弄之意等待著，這樣的初遇情境真的太奇特了。我們可以體會他告白的難處，不過他真正要說的卻是，這張無從描述的容貌反而更激發了藝術家要找出方法來描述。

他繞從古希臘的雕像說起。依照美術史家的看法，貫串希臘雕像之美，最重要的一個觀念是「端莊」。所謂「端莊」指的是人的活力在要動不動的那個特殊臨界點上，所有的情緒動機即將實現外顯的瞬間。那個模樣雖是靜止的，卻充滿了暗示，同時也就充滿了各種可能性，還沒有動，卻即將要動，所以我們不會知道她將如何動。

充滿可能性的暗示是最迷人的。在那動作發生前的瞬間，接著她可能會笑、會哭、會起身、會轉頭，將發而未發之際，那便是端莊。反轉過來，從藝術的角度看，一旦形成了、確定了就沒有那麼美。「在還沒有變成一或二或三之前，這是端莊的美，一旦變成了一二三，就把拖泥帶水的醜陋給表現出來。想要恢復本來的圓滿之像，也就不可能了。因此呢，名為動的東西必然卑下。」

古來對於美人的形容大抵都可以歸在動靜這兩個範疇之內。而他遇到的志保田家女兒卻表現出儘管已經動了，卻有著強烈自覺動機，要讓自己回到未動之前。那不是端莊之靜，她已經帶著動了之後的「拖泥帶水」不完美，然而她卻又彷彿本能地知覺這種動了之後的模樣是醜陋的，隨時意欲將自己拉回去。

這是一張不統一的臉，動靜之間游移矛盾的臉。

敘事者回到自己的房間，沒多久又發生了一件有趣的事。一個女孩進來安排他用餐，他好奇地探問：「你們家的太太每天都做些什麼事呢？」如此閒聊著，突然他們對話談論的對象，像是刻意選好了時機般，出現在門外中庭裡，而且隨即他吃完飯，侍女收拾了東西出去關上了門，那女人又在眼前消失了。

一下子看得見，一下子又不見了，比一直能夠看著在意識中留下了更深刻的印象，甚至不是印象，而是複雜的感觸。於是他引用了英國浪漫詩人喬治・梅瑞狄斯（George Meredith）的四行詩句：

Sadder than is the moon’s lost light,
Lost ere the kindling of dawn,
To travelers journeying on,
The shutting of thy fair face from my sight.

如何理解這四句詩？先假設一個情境，是現在的人很少有的經驗：在夜裡只憑著月光趕路。我們大部分的人其實都已經失去了真正的夜，因為我們的環境裡不時都充滿了光，因而不曾「趁月而歸」。「趁月而歸」出於現實的需要，不是一件浪漫美好的事，必須依賴月光才能勉強看清楚前方的道路。對這樣在深夜月下趕路的人，最麻煩、甚至最痛苦、最危險的事，是黎明天光出現之前的時刻，月亮隱沒不見了，那是「黎明前的黑暗」，真正的全然黑暗，因為原本依賴的一點點月光也沒有了。

了解這樣的情境後，才能明白詩句說的“Sadder than”，有比月亮如此隱沒更令人困擾、不安、痛苦的，是妳美麗的臉從我眼前被遮蔽了。

一連串的不意事件使得敘事者對這位女子產生了無可遏抑的強烈好奇。在這樣的狀態下而有了他和這位女子的第一次對話。仍然帶著不完全正常的意味。他躺在榻上，女子進來了，要他保持躺著說話。

和暖春日與理髮匠

描述完了這段對話，小說轉了一個場景。敘事者去剪頭髮、刮鬍子，遇見了一個從東京來到偏僻小地方的理髮匠，不只是技術很差，刮鬍子時弄得他很痛，而且喜歡一邊說些八卦俗話。

這個人信誓旦旦地告訴敘事者，志保田家的小姐絕對是個瘋子。最主要的瘋狂證據，是她自從離婚回來後經常去一座廟裡找一位老和尚，然而卻因此使得廟裡的年輕和尚愛上了她。年輕和尚自我掙扎了很久，終於忍不住寫了一封情書給她。收到情書，她竟然拿著那封信，大剌剌地直接去了廟裡，跑到殿上摟著那個年輕和尚，對他說：「我們就找個機會在佛前睡覺吧！」弄得那個年輕和尚「泰安君」倉皇失措。

泰安君怎麼也意料不到自己的一封情書會惹來如此一番醜事，當天晚上消失，就這樣死了。聽到這裡，敘事者和我們同等驚訝，趕忙追問一句：「就死了？」他得到的回答是：「我想應該是死了罷，不然，碰到這種事，還活得下去嗎？」

不過小說中接下來記錄的感受與反應，就和我們一般讀者很不一樣了。理髮中的敘事者往窗外看，看到了春天的景色，卻發現這個老闆的人格，他說話的方式與內容，和春光如此格格不入，以致於一邊聽著這個人說話，都使他的心靈產生了對於春光的抵制。

> 這個人和春天的自然如此不能相合並存。不過接下來，他心中的自然逐漸回來取得了應有的位子。就算這個老闆是多麼口齒伶俐的東京人，也抵不過這豪然一蕩的天地大氣象吧！

於是他領悟了，所謂「矛盾」是如冰炭般不能相存，而且在力量、氣勢或體魄上相等程度的人與物做為主體。但如果兩者在力量、氣勢或體魄上相差懸殊，「矛盾」無法成立，終究會消失，帶來的是比較小的會被吸收統納成為較大主體的一部分。

這本來是「矛盾」——一邊是清朗的春天，一邊是惡俗的理髮鋪老闆。但才過了一下子，只要用心體會，兩者的「矛盾」關係就改變了，惡俗的老闆被納入了無限的春光中。

我們的老闆以無限的春色為背景，正演繹著、正上演著一種滑稽、一種好笑，這和暖春日的感覺本來應該要被他破壞掉，但卻反過來，他把那種和暖春日的感覺用他自己的方式增添了不少。

這又是另一段、另一種「非人情」的探討，分辨「人情」與「非人情」的差異，找出藝術的態度根源。改用這種方式看待之後，懂得放大自然去包納改造惡俗的現實，恍然感知，在龐大的春光背景中滑稽演出的老闆，何嘗不能以這種方式被成詩入畫呢？

連這樣都可以成就藝術，讓我們對於藝術的形式與範疇有了新的認識。

畫的三種層次

白天要過完了，對著黃昏夕陽，敘事者又有了一層關於藝術的體認。那是一種自覺身為藝術家的自豪：只有詩人和畫家才能徹底在不同時刻粹取領受這個世界的精華。關鍵在於他們不是單純地欣賞夕陽，而是藉由創作的衝動與想像，與物同化，因而有了一份透徹。和對象物同化時，失去了樹立為「我」的餘地，也就是去除了自我中心的立場，而蛻化為一個藝術家。那樣的境界感覺不再局限於與某個特定的物同化，而是與所有的物之間的差距解消了，甚至物與物之間的輪廓也解消了。

透過和物的同化，這個世界中原本「人情」帶來的各種刺激與騷擾都平息遠去了，產生了「淡泊」的態度。語言中說「淡泊名利」、「過淡泊的生活」，然而真正的「淡泊」應該是難以捉摸，自己都弄不清楚的狀態。進入這種狀態，人和世界之間無從計較。「我」被消解在物之中，沒有了「我」做為發動欲望的主體，弄不清楚要什麼，便必然「淡泊」了。

德語現代詩人里爾克（Rainer Maria Rilke）有一批特殊的作品，是「物之詩」，那不是單純以人的角度去看待物的「詠物詩」，毋寧是要追摹類似夏目漱石在這裡所說的狀態。人隨時不斷和物發生各種不同的關係，其中有一種最為真實也最為珍貴的關係，是物和「我」的界線被打破了，恍惚之間你似乎進入了物，和物渾然成為一體，你彷彿就是那隻被關在動物園籠子裡不斷繞圈踱步的豹，離開自我體會了豹，於是瞬間改變了你，也改變了你和其他物之間的關係。

對里爾克來說，這是詩人最了不起的體驗，也是詩最大的作用。類似的對於詩和藝術的理解，也反映在夏目漱石的作品中。

先是專注地彰顯詩人、畫家的態度，小說到此才轉向作品。身為一個畫家，如何選擇、如何決定要畫什麼？他又陷入了另一段的沉思。畫有三種，或三種層次：第一種是有物就成畫，簡單直接地將東西畫出來。第二種是要讓原本客觀的物在畫中呈現了主觀的感情，畫家對畫中現象所投注的感情。還有第三種，是用來呈現感情的物消散了，畫中只剩下心境。

當然第三種畫最難。必須要能夠找到，也只能刻畫，和心境相合的對象。不是將主觀情感投射到任意的物件、現象上而成畫，倒過來，是為了畫家心中的特殊心境而去尋找相應的畫面。

提出這樣的主張，小說就進入了另一個階段。前面所描述的，是敘事者如何實踐「非人情」的旅程，並對於藝術和藝術家的身分進行思考。到此他要轉而設計作品，他知道自己要完成的是第三種、最高層次的作品，也就必須面對高難度的挑戰。

首先是一組必然的矛盾。有了泯除物我界線、同時泯除物物界線的體會，才進入了這樣的一種心境，那又如何找到一個特定的物、對象或現象來表現這番心境？在絕對認真的創作掙扎中，他並沒有立即得到突破，而是因而了然了為何在人間會有音樂這樣的藝術形式。因為音樂是抽象的，裡面沒有現實的、具體的材料，反而才更能捕捉和表現那第三種既超越又混同的境界。這個想法也可以推廣來解釋，為什麼會有非具象的藝術作品，包括抽象畫。真的用「非人情」的方式來看待這個世界，離開了世俗的「人情」而得到的感動，那必然和現實生活有一定的距離，也有不同的性質，那怎麼能再走回頭路用具體、具象來表現呢？

在超越、迷離的感動中，只能選擇抽象的材料來建構作品。

敘事者畢竟是個畫家而不是音樂家，所以他必須繼續尋覓可以顯示心境的畫面。一個特別的畫面浮現出來，源自於另一位英國浪漫主義詩人阿爾加儂・斯溫伯恩（Algernon Swinburne）的作品。在斯溫伯恩的詩中曾經描述一個在水中即將沉沒的女孩，一方面她感受到生命在離逝，然而另一方面水中的刺激，帶來了從未有過、也不可能有過的快感。

於是他想到了要畫一個在水中的女孩，以這個畫面來表達自己的心境。

同期創作的《少爺》與《草枕》

為什麼要特別仔細介紹、解讀《草枕》？部分的原因在於絕大部分的中文讀者接觸夏目漱石的作品，即使是喜歡他作品的，幾乎都不會注意到、不曾讀過這部小說，甚至沒有聽說過。

我們熟悉的，是夏目漱石早期的《我是貓》，或是他在日本知名度最高、最受歡迎，幾乎每個高中生都要讀的《少爺》（或譯作《哥兒》）。《少爺》的風格和《草枕》形成了強烈的對比，小說中由清楚強烈的事件帶引，讓讀者很容易進入這位當老師的「少爺」遭遇的困擾。《少爺》小說中幾乎都是事件與對話，沒有太多沉思，更沒有理論。

然而不應該被忽略的兩件事實：第一，《少爺》和《草枕》幾乎是同時創作的；第二，在創作過程中，夏目漱石經常同時進行一部以上的小說，因而經常這部小說中無法解決的問題，或是這部小說引動他另外想要追求的問題意識，就放進另一部小說去處理。

讀了如此不一樣的《草枕》，再回頭看《少爺》，會在我們以為適合高中生閱讀的小說中，讀出不該被錯過的深藏意義。例如說，《少爺》中的主角所有的困擾，都源自於他是一個せんせい，他如此不適應自己的せんせい身分。在夏目漱石的另一部經典作品《心》（こころ）中，第一句話就是從せんせい開始的。

せんせい是老師，然而在明治維新時代日本社會，せんせい有遠遠超過我們今天說「老師」時的分量與複雜意思。夏目漱石深入這項日本文化的特殊人際關係，去透顯「人情」與「非人情」間的巨大衝突。

對照讀《草枕》與《少爺》，可以看出另一層《少爺》的創作動機——在這部作品中，夏目漱石試圖去描繪一個抱持「非人情」態度的人，要如何在「人情」中過活。

夏目漱石選擇了世俗眼光中「沒有用的人」作為小說主人翁。在家人的心目中，他哥哥是有用的之人，他則是無用之人，兩者最大的差別——想在社會中「有用」，就必須通曉人情，具備世故的一面。

《少爺》延續《草枕》的藝術精神，在書中穿插一個伏筆——主人翁身為家中最無用的孩子，無論能力、學習都比不上他的兄長，但家中老僕人阿清卻最疼愛他、看重他。父母親和街坊鄰居都嫌棄他是橫行霸道的牛魔王時，唯獨阿清看出他的價值，誇讚他「秉性好，做人正直」。透過老婆子阿清那一雙素樸的眼睛，看到的是他「非人情」的價值。

小說關鍵之處，在於巧妙安排了讓如此輕蔑世故的人，卻成為了中學老師。《少爺》的主角有別於《草枕》的藝術家，他的「非人情」態度不是源自藝術涵養，而是直覺地意識到自己內在有一股難以抑制的騷動，使他無法忍受依循「人情」去過日子。他的性格和他的職業形成巨大的反差，因為老師應該是「人情」的守護者、傳遞者。

他無法壓抑自己「非人情」的性格。他必須周旋在「人情」間，不停猜測、探測誰的立場跟我是一致的，我們是同一世界的人，或者哪些人是非我族類。相較之下，《草枕》中的畫家是幸運的，在「非人情」的旅途中，他遇到比自己更戲劇性的「非人情」人物——那美小姐、大徹和尚。小說《少爺》提醒了活在現實世界裡具備「非人情」個性的人，最棘手的難題在：如何辨識同伴。這個難題夏目漱石在後期的《心》，又重述、探索了一次。

《心》這本小說書名的來源，就在於體會、認清了一項事實——人不會wear heart on the sleeve，沒有人會把自己的心別在袖子上。尤其是「人情」世界裡，人們會盡量不讓感情外露，不會隨便將心事掛在臉上。於是在「人情」中，我們無法得知人心裡真正藏著什麼，無法觀看人心，「人情」阻礙我們去理解人心，「人情」以一層又一層的障蔽阻礙你去看見人的真心，也讓人不知不覺習慣了不以自己的心來感受世界。

在夏目漱石十幾年的創作生涯中，一直不斷糾結於「非人情」的可能性，他不相信流行的自然主義小說可以解決這個問題。甚至可以說，他最反對自然主義小說的原因，就是他深深相信人有選擇的自由和潛能，絕對不是如自然主義小說中主張人的命運是由遺傳和環境兩大因素所決定的。

人可以選擇依照「人情」來生活，或是尋找用「非人情」的方式來安身。夏目漱石無法接受自然主義否定這項最基本自由的可能性。人有自主的選擇權，至少可以選擇去過和旁人不一樣的生活，這正是許多人活著的根本動力——至少夏目漱石如此主張、如此堅信著。

村上春樹談夏目漱石

村上春樹的《身為職業小說家》書中第九回，標題是〈要讓什麼樣的人物出場〉，其中提到了夏目漱石：

以日本小說來說，夏目漱石小說中出現的人物真是色彩豐富又有魅力，即使只是露一下臉的小角色也都非常生動，具有獨特的存在感，這些人散發出來的一言一行、一個動作、一個表情都會不可思議地留在心中。讀漱石的小說，我經常感到很佩服，書中幾乎不曾出現一個像是「這裡需要出現這樣一個人，所以暫且讓他出來一下」之類的湊合的人，不是用頭腦考慮所寫的小說，而是實實在在、有身體感受的小說，譬如說文章一句句都是自掏腰包、親身體驗過的，這種小說，讀著就讓人非常幸福，可以安心的讀。

這是非常高的評價，不只是來自一位畢生認真創作小說、思考小說，以「職業小說家」

自視自傲的作家，而且村上春樹的小說養成與品味來歷，都是西方式的，他一般對於日本自身的小說，傳統的或現代的，極少著墨，更少如此明白稱讚。

藉由村上春樹的提醒，即使是《草枕》這樣一部相對較短也較少受到重視的早期作品，都有著值得反覆探索的精細、綿密創作手法。夏目漱石動用了極其特別的布局，讓志保田那美這個角色出場。

在小說中，志保田那美第一次是出現在傳言裡，我們和敘事者「我」一起旁聽了茶店老婆婆和馬伕源兵衛的對話。兩人回憶形容了她出嫁時的非常景象：春天時分騎著馬，在櫻樹下休息讓櫻花落了滿頭。我們先對這個女人產生了鮮明的視覺印象。

然後印象擴展出去，從視覺轉向傳奇，或說由帶有傳奇性的畫面轉向傳奇性的故事。志保田那美的形象，在老婆婆口中和長良少女——一個被兩個男人愛著無法決定取捨，便寧可一死了之的剛烈女子——併合在一起了。同時也就增添了我們心中對那美容貌的想像，除了前面落花滿頭的瞬間之美外，她長得像會被兩個男人死心塌地愛著的長良少女，必然也是迷人有緻的。

這個敘述者「我」的出場也很特別，他以獨白方式告訴我們，他是為了追尋「非人情」的生活所以步上這樣一趟「草枕」旅程，在陌生的地方，他就遇到了一個「非人情」的畫面，與「非人情」的故事，指向這麼一位女子。

然後到了夜裡，我們隨著畫家第一次「遇到」了這位女子。但那也仍然不是一般意義下的「遇到」，那只是神祕魔幻的歌聲，巧合地正唱著相傳長良少女所遺留下來的歌。白天才第一次從老婆婆那裡知道了這首歌，怎麼會在似夢非夢的情境裡，空中傳來鬼魅的歌聲？

這一次，讀者和敘事者「我」並沒有更接近志保田那美，聽到了聲音，但也只能從白天聽到這首歌的經驗推想：會不會就是那美在唱歌呢？仍然是介於真實與猜想間的迷茫存在。

再下來，真實多了一點，但也還只是一點。

我在寤寐的境界裡逍遙自在，門口的格扇門被唰一聲拉開了，門開處忽然出現女子身影，似真似幻，我毫無驚懼之感，只是愉悅地痴痴凝望著那影子，說是痴痴凝望未免有些過火，幻影女子毫無意識地溜進了我閉著的眼簾裡，那幻影徐徐進入屋內，猶如仙子凌波，榻榻米上並沒有發出像人一般的聲響，因為是閉著眼睛來看這個世間，所以雖不是十分明確地知道，可是覺得彷彿有一個膚色白、秀髮濃密、後頸修長的女子進來，在燈影下看得暈映相片一般。幻影在壁櫃前停了下來，壁櫃門開了，雪白的腕子自衣袖中滑出，在黑暗中若隱若現。

發生在似夢似醒之際，有這麼一個「幻影女子」闖了進來，他甚至不能確定自己是否睜開眼睛看見了，還是在恍惚間腦中想像浮現了白色皮膚、濃密秀髮和修長後頸的模樣。已經第三次了，這位女子仍然不是具體的人。

幻影女子的奇襲——志保田那美

然後從第四次開始，形成了明確的模式——這個女子總是在不意間出現，引發驚奇之感。

這次他完全被動，遭到了奇襲。在出浴赤身裸體，因為沒有衣著而格外脆弱無防時，具體的人，肉體的、真實的，不容懷疑卻又無法相信地拿著他的浴袍出現了。等在那裡要幫他穿上浴衣，他當然不可能拒絕，被動接受，而且是徹底地被動任她穿衣。

她的真實面貌顯現了，卻選擇在敘事者心神難寧的情境下顯現，等到穿好衣服稍微可以寧定時，她立即消失了。

再下來，敘事者「我」在房中用完餐，侍女收拾了餐盤要退出去，拉開門的瞬間，隔著中庭的樹木，對面的二樓欄杆上，出現了梳著正式髮髻的女子，乍看下的形象引發的聯想是手握楊枝的觀音，眼光朝下凝望。

和早晨不懷好意的促狹表情很不一樣，這時候的女子極其安靜，使得「我」驚訝一個人的容貌可以有那麼大的差異變化。瞬息間，依循女子的眼光，發現她正追視著一對蝴蝶時合時分的飛翔，被底下對面房門推開的聲音驚擾了，於是：

隨著拉開門聲音，女子猝然將目光從蝴蝶身上轉移到我這裡，如一根箭一般，貫穿空氣，毫無先兆地射中我的眉間。所以那個女孩一閃，看了她一眼，接下來：在我吃驚的瞬間，這個小女傭又砰的一聲，把拉門關上了，之後整個房內只剩下悠閒至極的春天。

日文原文有中文翻譯難以準確譯出的一層細膩之處。他用句法時態創造了一種曖昧知覺，表示當下其實他只看到了那美的眼光朝下，後來才重建推想她應該是在看庭中的雙飛蝶。真正發生的事是門一打開，那美被聲音吸引立即看過來，就將視線箭一般剛剛好射向了敘事者「我」，而且是準確地射在兩眉之間。但甚至連意識都還來不及有任何反應，收拾中的侍女又將門拉上了。

留下那個瞬間的畫面，動靜之間的畫面。敘事者「我」反覆琢磨那留在心影上的畫面，才重建出原來那美在看蝴蝶的認知。

這是極其特殊的日本時間美學展現。一個飽滿的瞬間往往含藏了許多訊息，不是當下的感官能夠掌握消化的，俳句、和歌都有捕捉並咀嚼、探索這種飽滿瞬間的作用。

然後再穿插理髮師談論那美，帶來新的驚訝。原來那美曾經誇張地刻意作弄廟裡的和尚泰安君，以至於把人家害死了！不過隨即來了一個小和尚，從小和尚和理髮師的對話中知道了，泰安君自殺的說法不是事實，他應該只是在受到震撼之後離開了原來的寺廟。

不過，理髮師斬釘截鐵的說法在敘事者「我」和讀者的心中留下了深刻印象——那美是個瘋子，而且他們家每一代都出瘋子。

長良少女之歌

終於，敘事者「我」有機會和那美正式見面說了話。

他們的話題是長良少女。那美所說的為敘事者解了部分的疑惑。半路上茶店的老婆婆原來曾經在志保田家服務過，聽那美反覆對她說過很多次長良少女的故事，才會順口就唱出了長良少女之歌。

那美也證實了那天晚上的歌聲不是鬼唱的，就是她唱的。接下來的對話轉向如何處理長良少女的愛情困境？如果是那美會怎麼做呢？

那美的回答讓敘事者「我」嚇了一跳。她說：「太容易了！將兩個男人都收為男妾，不就沒事了嗎？」敘事者當然沒有想過這樣的解決方式，那是社會「人情」中別說不能接受的，甚至連想像都無法想像的關係。

從容貌到行為，此刻到她的想法與語言，那美總是在預期之外。因而她每次出現都挑戰了「人情」的規範，開拓了「非人情」的可能性。她就是「非人情」的存在。

這段對話之後，在思考藝術表現的過程中，敘事者「我」有了寫詩的強烈動機，他沉吟著陷入詩的創作心情裡。將原來寫的詩句從頭吟詠，自己覺得有些趣味，那是從剛剛如同出神般狀態中寫下來的，因而似乎又有點太直覺了。如此思考著詩作，無意識地看著門口的方向，突然門被拉開了三尺來寬，女子的身形隱在拉開的格扇門陰影裡。

敘事者「我」將詩丟在一旁，看到那美從門口離開了，沒有多久卻又出現在反方向的另外一邊。那美身穿華麗的振袖，光豔而悄無聲息地向對面二樓前廊走去。接著，敘事者「我」透過拉開三尺的門隙，看到那美在二樓上反覆走來走去，目不斜視，而且默不出聲。

她走路很安靜，甚至沒有發出裙襬擦過走廊地板的聲音，她腰部以下的裙子異常奪目，因為相隔太遠，我看不清裙子上面染的花色，只是底色跟花色相接之處被自然暈染出來，好像黑夜與白晝交替的情境，女人本來就出沒於晝夜交替之間，她這樣穿著長長的振袖和服在走廊上來了又去，反覆不知幾回，令我很是不解。

我們也不解，為了什麼場合需要穿起如此正式、非日常的盛裝呢？又為什麼要那樣反覆走來走去，顯然沒有要走到哪裡？使得敘事者「我」更加驚訝的是，她的神情端莊肅靜，在門口忽隱忽現，突而閃現、突而消失，產生了一種強烈的儀式感。

於是這樣的想法浮上了心頭：這會是配合必然要消失的春天而進行的一場莊重的送別儀式？但如果是如此，她臉上的表情為何卻又帶著一副冷漠，讓人感到似乎漠不關心的態度？既然漠不關心，又怎麼會打扮得那麼華美豔麗？她身上的豔美和那樣無意識走來走去的姿態，形成了強烈的矛盾對比。

如同在夢遊般。進一步，每一次她的形影出現在門打開三尺空間中，都激起了敘事者

「我」強烈的衝動，想要去叫醒她。但又因為那景緻如此奇特、如此之美，震懾了他，讓他叫不出聲音來。只能在她消失時決心下一次一定要叫她，如此不斷來回。

又一次下定決心時，天空落下了雨絲，將女子的身影遮住，然後這一景消失不見了。

這名女子再度以奇遇、神祕的方式出現，每次出現的方式都不一樣，都給敘事者「我」和讀者留下驚訝的深刻印象。

畫家之眼與欲望之眼

下一幕，夏目漱石又讓那美出現在浴室裡。敘事者「我」去洗澡，在浴池裡有了浮想聯翩，在腦中進行著他的藝術探索。阿爾加儂．斯溫伯恩的詩引發他想畫一個女孩死在水中的模樣，而正如此想著時，樓梯上出現了模糊的形影。

廣闊的浴室裡只有那一盞掛著的洋燈照明而已，隔著這種距離，就算是在空氣清透澄澈之際，要想辨識清楚也很難，更何況這裡有著蒸騰的熱氣，被濃濃的雨霧阻隔，浴室裡無法確定究竟站在那裡的是誰，因為不知是男是女，所以我無法上前打招呼。

那個黑色的人影往下挪了一步，所踏的石頭因為他的腳步，所以他踏的石頭看起來簡直像天鵝絨一樣的柔軟。如果用足音，用他的腳步聲來判斷的話，有動跟沒動幾乎沒有任何的差別，因為我是個畫家，對於人體的骨骼在視覺上格外的敏感，在不確定他到底是動還是沒動的那一瞬間，我已經意識到我是和一名女子共處在一間浴室裡。

她注意到我還是沒注意呢？正當我飄在水中，胡思亂想的時候，女子的身影已經毫無遮攔地出現在我的眼前，充滿了水蒸氣的溫泉浴室中，每一個水分、每一個水分子都飽含著柔和的光線，看似薄紅（因為那個燈光的關係，所以有一種薄薄的紅色的溫暖身觸），盪漾著黑髮如流動的雲彩，當看到女子完全伸展開身姿的時候，禮儀、禮法、風紀統統都被我拋到九霄雲外，我想我找到了最美麗的繪畫題材。

這一次，那美裸體出現在他眼前，像是特別應和他以畫家之眼構想的心境畫面，從似幻似真的水霧之中迷離顯現。

那是和日常一般所意識的女性裸體很不一樣的景象。熱氣淹沒了浴室，不斷地往上蒸騰，春夜的燈光朦朧擴散開來，室內像是一片霓虹的效果，女體在濃霧當中搖擺著，模糊顯示烏黑的秀髮，氤氳雪白的身姿，如同逐漸從雲霧當中浮現出來，帶著一種神話般的迷濛。女體愈來愈靠近，輪廓愈來愈清楚，他意識到：「啊，再往前邁一步，好不容易出現的嫦娥便要墮入凡塵間了。」也就是水霧阻隔所造成的效果，快要被近距離破壞了。再靠近一點，她就要變成一個純粹的肉體，帶上了所有會惹起男人欲望的性質。

他意識到這中間的分界。在一邊，他以一個藝術家、畫家的眼睛看那具迷濛的女性裸體；在分界的另一邊，當裸體清楚到一定程度，就會無可避免轉換成一個男人的眼睛，帶著肉欲的眼睛。

而就在他如此想著，自己也弄不清楚是擔心或期待女體更靠近更清楚時，在室內燈光照射下，閃現如同鋪上一層綠色的那頭長長黑髮，突然掀起風並讓浴池的水因而有了波浪。那是因為那女人急急轉過身去，化成了一道白色的影子回頭跑走了。

是因為意識到池中有男人所以害羞地趕緊離開嗎？不是。因為她一邊離開一邊大笑，笑聲離浴室愈來愈遠。

以自由的方式閱讀小說

那美的姿影，獨特的美貌與個性貫串整本小說，然而認真檢驗，她卻很少以「正常」面對面和敘事者「我」互動、對話的方式出現。

接下來，那美又再次成為別人談話的題材。談話的人是畫家、那美的父親和寺廟裡的大和尚。大和尚說：「那美小姐很會走路。」大和尚前幾天到比較遠的地方去做法事，到了「姿見橋」時看到一個眼熟的身影，但穿著草鞋，掖起了後面的衣襬，衣著草率不拘，那個人突然對大和尚說：「你在這兒磨蹭什麼？要去哪？」他才嚇了一跳認出來是那美小姐。

不只是敘事者，大家遇見那美的標準反應都是嚇了一跳！大和尚忍不住問她為什麼打扮成這個模樣？她的回答是因為下水去摘水芹，然後就將一把滿是泥巴的水芹往大和尚的袖子裡塞，讓大和尚又嚇了一跳。

再下一段，終於有兩人面對面的場景。那美又跑到敘事者「我」的房間裡來，他正在讀小說，兩個人有了關於小說的往來討論。

他對那美說：因為自己是個畫家，用畫家的態度讀小說，所以沒有必要從頭讀到尾，無論怎麼讀，從哪裡開始讀起，都能感受到趣味。

其實這也是「非人情」追求的延伸。不落入小說情節固定的先後順序裡，而將小說的片片段段都視為獨立的，因而取得閱讀中的一份自由，自己去體會、去建構文本的意義，不需要必然接受作者的安排。

關鍵在於「趣味」，那才是人生中最重要的。順著這樣的主張，他接著不無挑逗意味地說：「和妳說話也覺得很有趣，在此間居留的時刻，希望每天都能和妳聊聊，如果妳願意的話，我可以adore you。」他故意用了英文，來避免用日語說「愛妳」可能會帶來的尷尬。不過英文裡的adore除了有「愛」之外，還有戀慕乃至崇拜的意思，是一種將自己置放在較低地位向上仰視的姿態。

但他又強調：這樣的愛，也是獨立的，不應該成為兩人要結為夫妻的故事的一部分，就像讀小說沒有要從頭讀到尾一樣。

那美於是半開玩笑地問：所以畫家愛慕人的方法，是冷酷不求結果的嗎？畫家卻很認真地回答：「那不是冷酷無情，而是『非人情』的方式，就像我採取了『非人情』的態度來讀小說，所以不重視、不在意情節。」

我們應該體會到：這段話也是夏目漱石對於小說寫作的告白。他處在一個混亂的創作環境中，日本文壇有著傳統物語和西方新小說的彼此沖激，還有「自然主義」和「浪漫主義」的對峙，但夏目漱石早早就確定了自己站的是現代小說的立場。

藉由敘事者「我」之口，他提出了對當時小說的嚴厲批判：「普通的小說都是偵探發明的，因為沒有非人情的地方，所以一點意思也沒有。」指的是一般的小說都有頭有尾，有嚴格的因果邏輯，形成了對於人的推理、推論。然而從藝術的角度看，這多麼無聊啊，為什麼要將原本是藝術形式的小說弄成科學呢？為什麼逼小說去承擔推理的功能？

所謂「非人情」因而也就必然有著一部分邏輯之外、道理之外的自由性質。

對話的競賽

順應他的說法，那美就要求他將手中的小說，隨意翻開、隨意念給她聽。他正在讀的是英文小說，於是增添了一份自由，因為他一邊念，一邊不精確地進行翻譯。

過程中，兩人的對話引向了前一天那美盛裝穿振袖和服在二樓走來走去的事。那美的反應是撒嬌地問他：「你打算給我什麼樣的獎賞呢？」畫家不解。那美就明說：「那是因為你想看，所以特別穿了給你看的啊！」

那美竟然是特別為了他而穿的？緣由是那美遇到了茶店的老婆婆，轉述說有一個到店裡的畫家讚嘆：「啊，如果可以親眼看見一個新娘騎在馬上在前面樹下休息的模樣該有多好啊！」她意識到那個畫家現在就住在那裡，所以特別費心穿上了新娘禮服，刻意開了畫家房間的門，讓他能如願以償。

知道了此事的來龍去脈，畫家又嚇了一跳，一時沒有了主張，不知道該說什麼才好。抓住他愣住的瞬間，那美故意嘆氣說：「唉，這麼健忘的人，對他再好，都是枉然啊！」

夏目漱石喜歡將男女對話比擬為競賽或戰爭，有贏有輸。此時敘事者「我」顯然一敗塗地了，如果完全沒反擊恐怕就無法在那美面前翻身了。他想了一下，問：「昨晚在浴室裡也是妳的一番好意嗎？」這一方面表示他絕對不是一個健忘的人，清楚記得在浴室中發生的事；另一方面也提示著在那裡那美展示了她的裸體……

那美沉默著沒有反應，畫家趁勝追擊，又說：「在下實在感激不盡，告訴我該如何謝妳吧！」這次那美有反應了，若無其事地看著他房裡一副匾額，上面是大和尚寫的字，大聲地將字念出來：「拄影拂階塵不動」，然後才假裝自己剛剛注意力都被這幾個字吸引了，回頭問畫家：「你剛剛說了什麼呢？」

將球丟回給畫家。如果堅持再說一次影射裸體的話，那就失去情趣了，他必須配合讓那美得以離開尷尬的狀況，附和那美提供的新話題。他告訴那美之前遇到了大和尚，然後又說到大和尚所在的廟裡有一座「鏡池」，想去看看池面平靜如鏡的美景。

那美輕描淡寫說：「你就去吧。」畫家進一步問：「那是一個畫畫的好地方嗎？」沒想到引出了下一句又讓他大為吃驚的不預期回答：「那是一個投水自盡的好地方啊！」

畫家說：「我活得好好的，可沒有要投水的打算啊！」那美卻說：「但說不定我會考慮啊！」畫家覺得這個玩笑有點過頭了，抬頭看那美，意外地發現她的臉色極其認真。然後那美又說了另一句幾乎讓他驚慌失措的話：

「我投河時漂在水面上的樣子，不帶有絲毫的痛苦，而是安詳平靜地漂往另一個世界，請您將我這個樣子畫成一幅美麗的畫吧。」

這不就是他之前在浴池裡動著的念頭嗎？那美怎麼會知道？他愣住了，那美又占了上風，不無得意地說：「啊，你嚇到了，你嚇到了，你嚇到了！」隨即站起身來，一下子三步跨到房門口，回過頭來嫣然一笑。

鏡池中漂浮的美女

那美令人難忘，因為夏目漱石仔細安排了她在小說中每一次出場的模樣、動作與語言，而且讓前後的場面彼此連貫，有虛有實卻能互相呼應。

下一段敘事者「我」去到了前面所提到的「鏡池」，無可避免在眼前浮現一位美女漂在水面的畫面，陷入該如何做畫呈現的思考。他遇到了百思難解的根本問題：美女的臉上該有什麼樣的表情？

當她介於生死之際，臉上不可以單純是痛苦的，但也不能是徹底的祥和，也不應該是喜悅。他反反覆覆琢磨，終於得到了答案，能有答案正因為他從原本的藝術角度跳開來，還原畫面上那個漂在水上的，不是抽象的任何一位美女，而就是實實在在的那美。

如此問題就改變了。要思考的，考驗他的不再是畫或藝術，而是如何領略與捕捉那美這個人，是他對那美的觀察，甚至是他對那美的感情。那美為什麼如此吸引他？為什麼讓他留下那麼深的印象，一直在心頭徘徊？如何顯影這樣的那美，怎樣的表情最能表現那美的特殊性？

他選擇了用排除法來思考。嫉妒，不對；不安，不對；憎恨，不對；生氣，不對。慢慢地得到更細膩些的想像——例如臉像浮現出一種「春恨」，對於美好季節流逝的一點點氣急敗壞，產生對時間的怨妒之情，那可以，但絕對不能是任何其他世俗的恨。

左思右想，最後想到了一個詞。像是拍了一下自己的腦袋——怎麼會忘記了有這麼一個詞呢！「悲傷」，而且是人間的悲傷，意謂著這是一種神不會有、不能體會的情緒，弔詭地，惟人有之，卻又使得人最接近神的一種感情。

從這個角度，他又完整地回想了到目前為止，和那美小姐的所有交接印象，發現在她的表情中，從來沒有那樣的「悲傷」。於是產生了高度的期待——如果由於某個瞬間的刺激，悲傷的情緒閃爍在那美的眉宇之間，那麼他便能以畫家之眼予以捕捉，複製在畫上，也就能完成那幅水上美女之畫了！

雖然現實裡沒有那美，然而在「鏡池」旁，敘事者「我」的意識中滿滿地都是那美，透過記憶的反覆觀察與研究，從內在更進一步認識了那美。藉由這種方式，夏目漱石啟發了我們一種去思考人與人距離的方式：在外，他和那美才剛剛認識；但在內，那美此刻已經深深進入他心中，神奇地成為生命中少有的親密之人。

凝固的場景與戲劇張力

下一個仔細設計的場景中，那美小姐不只有著戲劇性的模樣，而且帶來了新的驚訝與懸疑。

我拉開拉門，走到走廊上，就看到那美小姐正在對面的二樓倚著紙拉門站著。她把她的兩頰埋在衣領之間，只露出半張側臉，我正想要跟她打招呼的時候，她的左手垂著，右手如風一般的動了，閃閃發光如同閃電，在即將靠近胸膛部位的地方，倏忽一閃，啪的一聲，不見了。她的左手握著長九寸五分的木刀鞘，她一晃身，身子忽然隱入拉門的影子之後。我懷著一種大清早就開始窺視歌舞伎作的心情，出了宅邸。

那個畫面，應該出現在歌舞伎的舞台上，而不是現實裡吧！怎麼會一大清早在胸膛裡懷抱著一把刀？他因而對於那美的特質有了另一層的體會：她應該可以成為舞台上的明星吧！別的演員是上了台一本正經努力演戲，那美小姐卻是平日便時常活在戲劇性中，自然而然豪不費力地演戲。

他因而得到了在繪畫中放入戲劇性的眾多啟發。要成為一個畫家，其中的重要條件是能懂得看待任何事物時，去探索、挖掘其內在的張力，將內在可能的、想像的戲劇性呈現出來，那才會是好的藝術作品。

這天的下午時分，他又來到了「鏡池」邊，閒散地躺在草地上，意外地目睹了一場人間戲劇。應該這樣說吧，早上體會的道理，此時引導他用一種畫家探索事物內在戲劇性的方式來看待發生在身邊的現象。

他又看到了那美小姐，回想早上她胸懷短刀的模樣，產生了戲劇性的戰慄想像。難道她帶著刀要來這裡見誰嗎？那美小姐的對面，是一個男人，兩人之間似乎靜止著沒有動作。過了一會兒，那男人垂下頭，女人則面朝山的方向，似乎是聽見了山上有黃鶯鳥在叫。

然後那個男人毅然抬起頭來，挪動腳後跟，而女人突然舒展身體，轉向大海，她的腰間有像短劍一般的東西露了出來。男人開步走，女人緊跟了兩步，她穿的草鞋幾乎要貼上男人的腳後跟，男人停了下來，是被女人叫住了嗎？而就在男人回頭的瞬間，女人的右手伸進了腰帶裡，啊，危險哪……

敘事者「我」以為她要拔出刀來，但事實上她從懷中拿出了一個綁著帶子的包裹。遠看白皙到彷彿發亮的手，下面是包裹的帶子隨風搖曳，那美單腳向前，上身微微後仰，雪白的手上拿著紫色的小包，在兩三吋的緊密距離間，男人回過頭來，那一剎那展現兩個人不即不離的狀態，像是女人向前拉著男人，男人被向後拉，但又並沒有那實際拉住兩人的連繫，只是他們姿態互動產生的錯覺。

又是在瞬間，敘事者「我」換上了畫家的眼光，看見了這個畫面內在的戲劇性。不是他剛剛自以為是女人要持刀刺殺男人的那種歌舞伎舞台式的戲劇性，而是內在於兩人互動姿態畫面，也就是能夠呈現在靜態畫紙上的另一種戲劇性。

一種神祕的動與靜之間的曖昧暗示，一個凝縮、凝固的場景，說不清楚被固定下來的物與物或人與人或人與環境的關係是什麼，但觀者會直覺感受到其中的動能與力量。

現實中，時間不會停留。接著男人伸手將紫色小包接了過去，因為紫色小包而存在的兩個人之間的戲劇性張力就被打破了。

原來那個男人是那美離了婚的前夫。而那美拿著刀並不是為了要刺殺誰，而是因為表弟將從軍出征，她爸爸要把刀當作紀念品送給表弟。

小說結尾的場景是送行。一行人包括那美、那美的父親、大和尚、要去從軍的表弟，和敘事者「我」，先搭了船，然後到了火車站。送行中，那美又表現了「非人情」的個性，沒到火車站前她對表弟說了一次，到火車站她又說了一次：「請去送死吧！從軍如果沒有死，那也太丟臉了！」

這就扣回了畫家之前感受到的遺憾，以及暗暗的期待：那美沒有「悲傷」的表情，她沒有辦法「悲傷」。即使是這樣的場景，她的反應仍然不是「悲傷」。

載著表弟的火車開動了，敘事者「我」陷入一段關於因緣的思考，自己和這個表弟久一君因緣相聚，但因緣起時也是滅時，立即結束了。恍惚間，一等車廂在眼前走過了，後面是二等車廂、三等車廂，突然從車窗上看到一張臉，是那美的前夫，滿臉鬍子，邋遢、落魄，卻帶著深深依戀的神情探出頭來。

月台上的那美和前夫的眼睛不期而遇，四目相對，火車哐噹哐噹繼續運轉，前夫的臉很快消失了，那美小姐茫然目送著前進中的火車，那茫然中竟帶著我從未見過的憐憫之情，就是這樣。就是這樣，有了這表情，便可入畫了。我一邊拍著那美小姐的肩膀，一邊小聲說著：我心中的畫面就在這瞬間成就了。

小說如此結束了。

雖然有場景、有情節，不過很明顯地《草枕》要寫的是一位藝術家的自我追求。從「人情」的角度來看，那美小姐像是女主角，像是和敘事者「我」之間有著一份初初萌芽的愛情關係。但夏目漱石沒有要寫愛情小說，我們不需要關心探問他們兩人的愛情會如何發展，小說結束在畫家得到了他藝術思考與藝術追求上靈光閃現的答案，解決了小說在思想上的懸念，那就夠了。

禪修與藝術的境界

讀漱石的小說，我經常感到很佩服，書中幾乎不曾出現一個像是「這裡需要出現這樣一個人，所以暫且讓他出來一下」之類的湊合的人，不是用頭腦考慮所寫的小說，而是實實在在、有身體感受的小說。

讓我們再看一次村上春樹的評論，然後回頭請大家讀《草枕》時也注意一下上場的各個配角。即使是理髮師和小和尚，兩人在同一個段落出現，都有著非常明確的個性，絕對不是湊合著寫的。

特別值得討論的配角是大和尚。敘事者「我」在出發時是一個不知道該畫什麼的畫家，在尋找著能符合他的「非人情」價值觀放到畫面上的題材，小說結束時，他找到了，那就是浮在水面介於生死之間，臉上有著悲傷感情的美女畫像。然而真正重要的，不是找到的答案，而是尋找、探索的過程間改變了他對於「非人情」的認識與理解。

「非人情」必須有真實性，不能停留在觀念、想法上。得以解決他的困惑，因為有了像那美小姐這樣切身實踐「非人情」的人。於是對於藝術家與作品關係的理解也改變了，並不是作品決定了一個人是藝術家，不，倒過來，一個人應該先實踐「非人情」的藝術家生活，才有可能創作出像樣、合格的藝術作品。甚至可以進一步說，像那美小姐那樣的人，她沒有創作出任何藝術作品，但她卻是一個不斷在生活中自我戲劇化的不折不扣的藝術家。

而使得他有這樣的關鍵轉折領悟，就在他去找大和尚聊天的那個月夜。大和尚缺乏畫畫的技巧，畫的東西很笨拙，然而他在畫家面前顯現了一種內外通透的人格。所有的事物、意念直接通過他，直來直往，是什麼就表現什麼，完全不受人情阻隔、停留、改造。

兩人聊天時講到了「禪修」，大和尚說：「我的老師告訴我真正修行到家時，要去東京的日本橋。」日本橋是日本現代化的重要代表，是日本現代公路的起點，在那邊有一具「麒麟之翼」的雕像，也是東京最熱鬧最多車輛與人來來往往的地方。

修行修到家，能夠在日本橋不只將衣服脫掉，甚至將身體表面都脫掉，讓自己的五臟六腑都透明呈現，不會有任何羞愧之感。意味著將障蔽自己，讓自己得以躲藏在眾人眼光之外的一切都排除掉，你仍然可以充分自在。

這本來是在形容禪修的終極境界，卻引發了敘事者「我」從藝術思考而來的強烈反應，他覺得：「啊，如果做為一個藝術家，有著藝術的終極至高態度，我也做得到！」

藝術同樣使人自由。和大和尚談話給了他如此的啟發。在那個月夜，另外一項對話中得到的領悟是：他意識到自己追求錯了，問錯了問題。之前一直困惑於要畫什麼、該畫什麼，這不是真正藝術家的態度。一位藝術家的關鍵性質在於你擁有什麼樣的人格、具備什麼樣的眼睛、過什麼樣的生活；不在你創造了什麼樣的作品。或說作品是第二序的，是衍生的，自然地從你的人格、生活與眼光中形成的。不能本末倒置，硬是要去想作品，追求作品的題材。

藝術家的資格不是存在於你交付給這個世界的，毋寧反而是你從這個世界裡選擇了什麼進入自己的生命，成為滋養。以及你如何和這個社會互動，也就是如何超越一般的「人情」，改以「非人情」來看待社會，因而得到不一樣、更深刻的理解。

藝術家是看透了「人情」而得以擺脫「人情」的人，他不是「反人情」，故意要做驚世駭俗的行為，而是懂得了、找到了回歸在「人情」之前更自然的「非人情」狀態。「非人情」的重點，在於「非」字，意思是要如何擺脫「人情」，如何天真地和這個世間、這個世界相處。

在另一部小說《虞美人草》中，開場沒多久，就記錄了一段藤尾和宗一的對話，聽起來有點像開玩笑，但其中討論到「第一義」卻是貫串整部小說的關鍵，也是從《草枕》到《虞美人草》的重要連結。

什麼是「第一義」？在佛教、佛經的傳統裡，「第一義」指的是「佛陀所說義」，就是直接由佛陀口中所說之法。佛陀鼓勵聽到他說法的人，向其他人轉述，如此而促成了佛教教義的快速擴張流傳。然而轉述必定會產生誤差，轉述過程也一定會依照環境情境而運用不同的比擬、說法，於是在佛法流傳中，就有轉述多少次而出現的不同「第二義」、「第三義」、「第四義」……等等。

夏目漱石特別強調「第一義」的重要性，那是未被轉述、未被增減之前的狀況，也就是事物的本能、本質。「人情」就是一層疊一層的轉述累積造成的，將人帶離開事物的本能、本質，所以需要透過藝術家的追求，去撥開「人情」，回歸「第一義」。

現代小說的故事性

村上春樹只強調了夏目漱石很會寫人物，不過夏目漱石的重要成就之一，在於他不只要在小說中寫人物與情節。他總是在小說中多放入人物、情節以外的內容。

《草枕》中寫活了那美小姐，不過即使是那美小姐，也還是為了進行對藝術的思考、探索而創造出來的工具。如果眩惑於那美小姐的形象而忽略藝術思考的那部分，那就成了對於《草枕》「買櫝還珠」式的閱讀。

那美小姐如此精采的人物，卻不是我們一般閱讀小說經驗中所體認的「女主角」。如果掉入男女主角的套路，閱讀時念茲在茲想著：那美和畫家現在是什麼關係？他們彼此相愛嗎？他們會變成一對戀人嗎？還是他們現在是「戀人未滿」的階段？那就又落入「人情」的刻板模式了。

那美小姐和畫家在小說中具體最靠近時，是兩個人一起在畫家的房中看英文小說。突然發生地震，使得那美的臉幾乎貼上了畫家的臉。然而此刻激發的不是精神或肉體的男女愛戀欲望，立即在畫家的心中之眼，浮現了地震震動中的池水波動，他的念頭反而被從那美的肉體存在引開了。

夏目漱石早早就沒有要用小說講故事。他早早站上了現代派陣營的立場。有時候很感慨、也很難想像，這麼多年之後，在台灣還有那麼普遍似是而非的呼聲，說小說要有好的故事，批判當代小說中缺乏好故事。

早在十九、二十世紀之交，現代主義小說興起時，就已經看穿了故事的有限性。尤其像我們這樣的時代，真的還需要更多的故事？現實的新聞報導中，各種八卦流言裡，加上不斷彼此抄襲的通俗劇，不是已經提供了那麼多、消化不完的故事？

西方長篇小說發展了一、兩百年，人們就發現可以將所有小說裡描述的情節，整理歸納為大約三十種模式。三十種模式就統納了所有情節故事的可能性。我們還要繼續重複在這逃不開的如來佛掌心中一直翻觔斗嗎？

至少有一部分更具創作野心與才情的人，堅決地說：「夠了，不要了！」所以昂然誕生了現代主義的小說新潮流。現代主義小說的根本精神，就在於要試驗探索情節到達不了的地方。特別值得佩服的是，當文壇還在流行像尾崎紅葉《金色夜叉》那種充滿奇情轉折的小說時，夏目漱石已經靜靜地以像《草枕》、《虞美人草》這樣的作品在進行小說革命了。

雖然篇幅不大，但《草枕》以極其精密的方式寫成，值得反覆挖掘體會。小說中的每一個場景，所發生的每一件事，都與感受、思考密切關聯。經常發生的事情本身不是那麼重要，而是要透過事件的細節來引發思考，來合理化思考。

為什麼要用小說來寫思考？直接將思考的內容寫成說理的文章不是更好、更適當？不是的。小說有動作、有情節、有脈絡，可以讓讀者感同身受地理解思想的來源，明瞭為什麼有人會用和我不一樣的方式來思考藝術，來認識這個世界。如此更能夠讓讀者親近「非人情」的思考，從原本被「人情」所拘執的狀態中解脫出來。

這是現代小說的一項特殊功能。而夏目漱石的《草枕》、《虞美人草》基本上都是這種路數、性格的小說，甚至《心》也有著濃厚現代小說、思想小說的底蘊，並不像表面上看起來的那麼通俗那麼容易了解。

關於翻譯——如何傳達「非人情」？

讀夏目漱石的小說，該選哪一個譯本？

關於這個問題，我誠實的態度，一向都是：如果能讀原文當然盡量讀原文，最好是有一本重要的經典書籍，能夠刺激你願意立志去將日文學好。因為透過譯本閱讀時，你會不斷被干擾，感覺到譯本譯文必然存在著差異，卻又無論如何弄不明白差異在哪裡。

將日文學好沒那麼容易，我知道。尤其是要學到足以讀夏目漱石的原文，很難。不過從一個方向看，即使你學了日文只有粗淺的程度，我都會建議你去找來原文書，和中文譯本對照著讀。一方面可以讓自己的日文進步，另一方面一定能夠在過程中發現中日文語感表現上的某些微妙差異。從相反方向，我也建議，除非你的日文真的好到接近一般日本人的程度，否則最好還是對照讀原文和譯本，用譯者的讀法作為提示、參考。

完全不懂日文的讀者，最好的方法不是去找哪一個「最好」、「最準確」的譯本，因為從來都不存在那樣一種「定本」。如果這本書夠重要，夠讓你在意想要盡量接近作者原文本意，那你最好多蒐集一些不同的譯本。如果你能讀英文，就同時找英文譯本；如果你能讀法文，就找法文譯本。如果你只能讀中文，就多找幾個不一樣的中文譯本。

多讀幾個譯本，你會明白，像是《草枕》書中最核心的「非人情」，在不同譯本中基本上會有兩種不同的譯法。一種是「硬譯」，另一種是「意譯」。或者換個方式說，一種讀起來很「日文」，用字和語法都不太像中文；另一種則盡可能讓翻譯的內容仍然看起來像是用中文寫成的。

「硬譯」尤其在日文翻譯中有最大的空間。因為日文使用了許多漢字，愈是時代久遠的日文文本，其中的漢字比例愈高。村上春樹的小說裡沒有很多漢字，更多的是用片假名寫成的外來語。然而夏目漱石的小說就不一樣，幾乎沒有什麼外來語，卻充滿了漢字。

日文所使用的漢字，大部分和中文裡的意思差不多，所以可以直接挪用過來，只要把文法做一點調整看起來就像中文了。但畢竟一來日文的漢字不會都和中文完全一樣，在意義上有或近或遠的距離；二來日文的文法和中文極其不同，沒那麼容易套公式轉換，轉換過程中常常出現彆扭之感。

「非人情」是漢字，卻不是中文裡會使用的詞。更麻煩的，「人情」這兩個看似再平常不過的字，在日文裡的意思和我們中文一般的運用，其實很不一樣。日本人說的「人情」，其意涵、範圍要比中文廣得多。視上下文脈絡，從類似中文說的「人情世故」，基本的人際往來行為規範禮貌，到指稱社會中約束所有人行為思想的內在模式。

而當夏目漱石使用「非人情」時，對應的都是最寬泛意義的「人情」，就是那無所不在的集體行為、甚至思想規約，內化成為每個人的習慣，那才是他要以藝術的態度與內涵去質疑、去擺脫的。

「硬譯」的方式，將每一次日文中出現「非人情」都直接寫為中文的「非人情」，好處是讓我們明白了這三個字在小說中的核心地位，壞處是常常讓我們迷惑，尤其剛開始讀的時候，搞不清楚到底什麼是「非人情」。

「意譯」的方式考慮到中文的習慣，不會直接套用「非人情」，會在不同地方翻譯成不同的、更接近中文的表達。或許是「離俗」、「不世故」、「超脫世俗」、「不受人情羈絆」等等，這樣我們可以讀得很順，然而麻煩的是，貫穿小說的一個總體的觀念，卻在這樣的文本中被拆散而消失了。

所以英譯者會抗拒將くさまくら翻譯作"The Grass Pillow"或"Sleeping on Grass Pillows"，寧可選擇直接音譯為 ***Kusamakura***，將這個詞當作專有名詞來處理，避免英文讀者一看就自然產生一塊枕頭或睡在枕頭上的聯想，忽略了日文「草枕」所含有的那種在外冶遊、隨遇而安的意思。

「意譯」為順暢的中文，好處是讓讀者比較容易進入小說情境，不會一直被似懂非懂的「非人情」糾纏、干擾。然而「意譯」付出的代價則是失去了「非人情」這個詞的統合力量，不了解小說中刻意讓這個詞陰魂不散一直籠罩著敘事者「我」，他的旅程不同於任何其他旅程的關鍵意義就在於尋找並創造「非人情」的體驗。旅程中他不斷重新認知、定義「非人情」，隨著他見到什麼、遭遇了什麼、想了什麼，而對「非人情」有愈來愈複雜、愈來愈有趣的體會。

小說從一個簡單、乾枯的「非人情」概念出發，最終到達了有著豐厚肌理，以藝術來趨近、來填充的「非人情」生活樣貌，那不是抽象的討論，而是可以讓讀者自己同樣去追求、去自我改造的一份生活提案。

第四章
承啟在後的《少爺》與《虞美人草》

顛覆既有認知、與眾不同的小說

夏目漱石寫完《草枕》沒多久，就開筆寫《虞美人草》。這時候他辭去原來在東京帝大的教授職位，加入《朝日新聞》，成為特別替報社供稿的專業作家。為了彰顯此事的重要性，報社大張旗鼓宣傳夏目漱石所寫的連載小說，《虞美人草》和《三四郎》都是在這種情況下，未演先轟動，成為當時眾人爭睹的小說作品。

夏目漱石清楚意識到自己要寫一部不同於一般的小說，或說他意識到不能寫一部一般的小說。一方面是他從英國回日本之後，便對於文壇上的流行作品感到不滿，有他高度自覺的獨特美學追求；另一方面，受到如此擴大宣傳的壓力，當然也覺得不能交出一部平凡的作品，讓報社與讀者失望。

他的確寫出了與眾不同的一部小說，以不隨當時日本文壇流俗的獨特性來說，《虞美人草》是《草枕》的極端版，將《草枕》中的主題從相反的方向來表達。

《草枕》以一位藝術家的旅程來探討「非人情」，從「非人情」角度在生活中進行實驗。而《虞美人草》則是要凝視「人情」，看穿「人情」的可怕壓迫，來解釋為什麼活在現代情境中，我們迫切需要「非人情」，以「非人情」來對抗「人情」，至少來緩解「人情」可能帶來的災難。

《虞美人草》中有很大的篇幅在描述、顯現「人情」的惡毒。如果我們只知道過這樣的「人情」生活，生命會遭到恐怖的腐蝕。為了凸顯這一點，夏目漱石寫《虞美人草》時，選擇了比《草枕》中更加風格化的文字。

《草枕》寫的是藝術家追求「非人情」的過程，很自然地動用了一種離開通俗散文，比較接近詩的文字風格，內容和文字是貼合的。尤其是以第一人稱來寫，小說的內容都是通過「我」的眼睛、「我」的主觀感受傳遞出來的，並且在詩的語言中探索、領悟、呈現，這精神是一貫的。

然而沿著《草枕》向前，夏目漱石在《虞美人草》中轉而要形容活在「人情」中的人，以他們來顯現「人情」的荒謬、甚至恐怖之處。此時他不能用通俗的語言來寫，那樣就合理化了「人情」，他還是必須延續著「非人情」的物外語氣，冷靜且帶有諷刺意味地來看待「人情」。《草枕》是以風格化的文字寫「非人情」，《虞美人草》卻是要倒過來以風格化的文字寫「人情」，其野心、其難度因而更甚於《草枕》。

有人稱《虞美人草》為「俳句連綴式的小說」，看起來很神祕，實質上回到日文文本，最明白的性質是這本小說動用了兩種不同的文字：一種是用來推動情節的，另外一種是用來刻畫情境的。前者順暢易懂，但不斷會被後者的精細、精巧與濃縮風格干擾，使得讀者無法用平常讀小說追情節的方式來讀這部作品。

關於俳句和這部小說的關係，夏目漱石主要是強調小說中很多內容不是以敘述的方式表現的，毋寧比較接近和歌中的「發句」，也就是用暗示與比喻的方式來寫。很多地方他選擇以詩的邏輯、詩的省約濃密度來寫，所以在閱讀時，必須調整不同的心態、不同的速度來面對不同的段落。

讀這樣的小說，首先要有耐心，其次是以「理解」而非「知道」的態度來讀。要有心理準備對自己說：「啊，原來還有這種小說啊！」

小說之為物最迷人之處正在於：如果你腦袋中有小說該長什麼樣子的固定觀念，我一定可以找出不符合你的觀念，卻在文學史上大放異彩的經典小說。很多人習慣讀小說就是「知道」情節，於是認定小說的每一句話、每一個段落都該和情節有關。

但在《虞美人草》中有很多和情節無關的文字，那些文字不是推動情節、交代情節、幫助我們知道情節的工具。那些文字本身就是目的，召喚我們去體會、去理解。要理解，不能只去想和人物、情節有什麼關係，要放慢速度、更有耐心地動用我們自己的人生經驗去和這些文字進行對話，因而得到不同於知道情節的樂趣。

透過這樣的閱讀，我們學會了用不同策略面對不同的文本，愈來愈多的文本於是能夠進入我們的生命，豐富我們的生活，這是人生重要的學習、成長。

《虞美人草》的三種閱讀法

《草枕》以一次又一次那美小姐的出現組構起來，有著清楚易感的擺盪節奏。那美出現帶來一個懸疑，我們的心隨著敘事者「我」被吊到高處，之後得到了一些新的訊息部分解了懸疑，然而下一次那美又製造了新的奇觀、新的懸疑，如是反覆。

《虞美人草》的節奏很不一樣。一方面有一段複雜三角關係作為情節的核心，產生了一種想要知道接下來發生什麼事的好奇，然而這樣的好奇卻會不斷地被穿插的詩的語言，濃縮了的時間與意義給拖住。在閱讀經驗上，像是走過高高低低不同的丘山，急急下坡一段，到了坡底換成一段只能慢下來的上坡路，帶著想要知道後續情節的心情卻只能慢慢爬慢慢爬，等待爬完這段上坡路才有後一段情節進展。

這說明了在夏目漱石所有的作品中，《虞美人草》相對最冷僻、最少人讀。分裂的敘述節奏帶有高度實驗性，也對讀者有很高的要求，必須忍耐對比、矛盾的兩種速度。

所以《虞美人草》有三種不同的讀法。一種最理想的方式，是依照夏目漱石的節奏，該快就快，該慢就慢，完全放棄自主的期待或好奇。但這種讀法非常困難，因為違背了我們長期閱讀中所培養的習慣。所以有第二種讀法，也是大部分讀者會自然採取的策略——以追索情節為主，遇到詩化的段落，和推進情節無關的部分，就維持同樣的速度，甚至更快速地跳過去。

還有第三種讀法，是相反地統一慢下來。即使對於情節部分，也用一種濃縮時間，認真探索的方式來閱讀。舒緩地體會其中文字與意念，開展種種聯想、想像，拆開一段文字讀，然後再往下拆解下一段。如此這本小說可以讀很久，而且可以從中得到更多的收穫。

至少獲得了一份體認，了解讀小說不必然、也不應該就是想著「然後發生什麼事」，單純追著情節走。小說有太多可能性，我們相應要有更多閱讀小說的不同態度與不同策略。

我的老友唐諾寫了《文字的故事》和《閱讀的故事》之後，一度立意接著要寫《小說的故事》，但是十幾年過去了，到現在你會找到唐諾寫了《咖啡館裡遇見十四個作家》，寫了四十萬字的《盡頭》，這些書中都談了許多小說家與小說作品，但就是沒有那一本《小說的故事》。

他承認無法像寫《文字的故事》和《閱讀的故事》那樣寫出一本《小說的故事》。因為每次要解釋、說明小說是什麼、小說是怎麼回事，幾乎立即在腦中就響起了一個聲音說：「但是有例外……」

不論用什麼方式形容小說，都會有傑出、精采的既有作品在腦中敲敲你，跟你說：「但我就不是這樣的。」小說最了不起的地方，就在其近乎無窮的多樣性，拒絕被用單一的句子定性，不管那是一句什麼樣的句子。也因而當我們閱讀小說時，也不能只有一種固定的閱讀方式、閱讀策略，必須訓練自己更多元地來對應小說的多樣性。

《虞美人草》可以是很好的訓練，訓練我們用慢的速度來對應某些不能快速瀏覽的小說作品。

夏目漱石筆下的「火車」情節

《草枕》和《虞美人草》有一個明確的連結點。《草枕》結束在火車站送行。那個時代的日本人對於火車、火車站有著特殊的感受，不管喜歡或厭惡，火車、火車站具體代表了現代文明。

《草枕》的最後一段，夏目漱石寫著：

我把能夠看到火車的地方就叫做現實世界，火車無疑是能夠代表二十世紀文明的東西，可以將幾百個人塞進一個箱子裡搬運走，沒有絲毫感情。被塞進去的人必須以同樣的速度停到同一個車站，並且承受同樣的蒸汽。人都說是坐火車，我卻要說人是被塞進火車。人們都說是坐火車去，我偏要說是被火車搬運過去。

再也沒有比火車更蔑視個性的了，文明用盡各種手段，使個性得以發揮，之後又用盡各種手段，踐踏個性。這個——文明給人以自由，使之猛如虎之後，又將其投入牢籠當中，以維持天下之和平。然而這和平卻不是真正的和平，那就像是動物園裡的老虎，怒視完觀眾，接下來隨便躺下來的時候的和平一般。

類似的描述也出現在《虞美人草》中。同樣是在火車站，準備要從京都搭火車前往東京，作者藉佛教的因緣，發了一段對於火車的感慨：

人跟人之間交會的時候是一個因緣，我們永遠無法掌握，但我們可以感受這個因緣，因為你遇到了什麼樣的人，你們在交錯的過程當中，這個交錯是實際存在的，會使得一個人的生命因為跟其他人的生命交錯，而產生了微妙或明顯或幽微的改變，但火車就在告訴我們說：幾千個人在同樣一列火車上，但沒有因緣、沒有交錯。你在進到火車之前，你跟這些人沒有關係，通常你下了火車之後，你跟這些人也仍然沒有關係。

這裡對比了現代文明和傳統社會的重大差異。而在《虞美人草》小說中，進行了對於這件事的認真思考，探索如何應對生活在沒有了因緣、沒有了交錯，不再是主動坐火車而是被火車搬運的這種狀態。《虞美人草》要處理的，是從傳統到現代的各種錯雜、矛盾現象，那是當時的日本人親身體驗，必須做出回應，卻在快速變化中很難沉靜下來處理的。

捲在這樣的變化漩渦中，夏目漱石也必須有所回應。創作時間上部分和《虞美人草》重疊，他另外寫了《三四郎》，這部小說的開頭，基本上是對於《虞美人草》中的火車性質描述的翻案腳註。一個二十一歲的高中畢業生，從熊本搭了火車去東京，在車上遇到了一個女孩，因而發生了關係，下車之後這關係甚至有了奇特的延伸。幾千人在同一列火車上，不必然都沒有交錯，或許會和其中一人不期地產生了因緣，傳統中無法想像無法定位的因緣，卻仍然是因緣。

一種新鮮的現代因緣，等待被描述、被理解。

反潮流的創作者

夏目漱石的小說創作開始得很晚，相對地他又沒有很長壽，所以他生命中真正得以投入在小說創作上的時間，只有十多年。然而這段時間中迸發了驚人的能量，不只是寫了多部小說，而且幾乎每部小說都呈現了不同風貌，有著不同的寫法。

這在閱讀上造成了困擾。當然我們可以一部一部分別閱讀他的小說，然而同一個作者在相近的時間寫成的作品，總還是會引我們好奇探問：如何理解這些作品間的關係呢？

我們不能強求認定一個作者寫的作品之間一定要有關係。然而當我們知道這些作品來自同一個人，就很難簡單認定它們彼此之間完全無關，畢竟依照我們自己的生命經驗，一個人再怎麼多元創作，創作的根源畢竟植基於他的生活上。

而且在讀一部作品時，如何能夠從中讀得更多、讀得更深，是自然、普遍的閱讀追求，於是當我們讀作品時，總會想要通過對作者及其生活與時代的認識，來豐富、深化我們的閱讀所得。

在進行小說創作的十幾年間，夏目漱石有意識地在對抗當時洶湧在他周遭的流行現象。這是一百多年後回頭讀夏目漱石，我們不得不從文學與藝術角度特別給予他肯定之處。文學與藝術需要這種不隨眾人、不隨潮流起舞的精神。跟隨眾人、跟隨潮流，相對是容易的，潮流中有現成的模式，可以方便仿製運用。

那個時代有許多其他作者、其他小說家，但他們就都不是夏目漱石，在日本近代文學史上，無法取得和夏目漱石平起平坐的地位。夏目漱石有意識地要擺脫流行的自然主義小說，做為一個刻意違反潮流的創作者，這項動機將他的各部不同小說貫串起來。動用不同的寫法，每一部都在試圖開創自然主義以外的風格可能性。

要抗拒潮流、違反潮流沒有那麼容易。有意識違反潮流最簡單的做法，是「左右鏡像」式的。像是鏡中呈現的反影一樣，左邊變成了右邊，恰好對反。也就是故意將潮流中放大的予以縮小，潮流中不重視的予以誇張。

如此雖然不迎合潮流，但實際上仍然是由潮流的走向來決定，沒有真正的主動性，沒有原創力。

還有一種也很自然的反應，是藉由復古來抗拒潮流。要跳過既有的潮流，就到潮流掀起之前，更久遠的作品中去尋找典範模式，予以復活再製。如此儘管得以創造出不同當下流俗的作品，但也很容易就掉進了古老的流俗中。而且這樣的作品，一來無法吸引當代的讀者，二來也缺乏向前開創的動力。

夏目漱石卻是在每一部小說中進行各種不同的試驗，依照他和龐大自然主義潮流的抗爭過程，我們可以找得出他創作中的一個貫徹主軸來。

貫穿夏目漱石作品的主軸——「人情」與「非人情」

《草枕》是這個主軸的關鍵文本。在這裡夏目漱石明確提出了「人情」與「非人情」的糾葛，而且在《草枕》中將「非人情」的追求表現得最單純、最純粹。

在《草枕》中所呈現的，是一個相對乾淨的世界。敘事者「我」主觀地要離開「人情」，而在旅途中竟就幸運地遇到那美小姐這樣一個精采地以「非人情」方式過生活的人。

那美小姐提供了讓畫家能夠訓練、精進自己的藝術之眼，對於「非人情」與藝術關係不斷思辨的機會。

在小說中，那美比畫家更迷人，她身上具備了奇特的活力，直接將「人情」的世界排開，重建、新造了一個自己的「非人情」世界。

小說中的另一個角色大和尚，他的信仰與生活也提供了他可以和現實「人情」保持距離的條件。甚至那美的父親，在小說中出現時表達了他對硯台的看法與態度，很明顯也展現了「非人情」的一面。

《草枕》以藝術為基點，一層一層去深挖「非人情」的意義。不過如果對於「非人情」與「人情」的關係認識僅止於此，夏目漱石不會是一位了不起的小說家。他沒有停留在《草枕》的天真態度，沒有沉迷於描述那樣一個簡單的世界，好像只要抱持著「非人情」的態度，就能超越一切，過著「非人情」的生活。

《草枕》呈現了相對純粹的這樣一個世界，介於真實與幻夢之間，因而顯現得沒頭沒尾。這位畫家沒有來歷，到小說結束時他也沒有去向。小說將這個人的人生硬生生剪出一段，在旅途上單純與「非人情」遭遇、碰撞的一段。

於是接下來，夏目漱石就將這個主題挪到完全不同的另一個情境、另一個故事裡，換成很不一樣的方式，繼續探討。這部小說《少爺》乍看下和《草枕》天差地別。《少爺》是夏目漱石最受歡迎的一部作品，多次被改編成為電視、電影、漫畫、卡通等不同形式，更是長久以來一直列在日本中學生的閱讀書單上。

《少爺》的創作時間落在《草枕》和《虞美人草》之間，但和這兩部小說都很不一樣。《草枕》中遺留下來無法、不適合在這部小說中解決的問題，夏目漱石便以《少爺》來試圖處理。這個問題是：一個抱持「非人情」態度的人，要如何活在現實的「人情」世界裡？

《少爺》的書名，是帶有嘲弄意味的。指稱小說中的主角，在家裡和他的哥哥相比，是個長不大、沒有用的「少爺」。一個人要「有用」，要能在社會上被接受被肯定，最重要的，便是培養出世故的一面。相對地，這個弟弟之所以一直是「少爺」，正因為他的所言所行所思，無法符合人情世故的標準。

在《少爺》書中，夏目漱石埋下了一個有趣的伏筆，比《草枕》的探索更前進了一步。《草枕》呈現的是一個藝術家的生活態度。這是承襲歐洲十九世紀浪漫主義對藝術與藝術家的看法而來的。

有興趣的朋友不妨去看看喬埃斯（James Joyce）所寫的“*A Portrait of the Artist as a Young Man*”，一般中文翻譯為《一個青年藝術家的畫像》。讓我們更小心一點體會喬埃斯英文書名和中文譯名間的微妙差異。

小說要描繪的是一個年輕人，然而重要的是既要表現他年輕的生命樣貌，同時要凸顯他作為藝術家的特殊身分，不是任何的年輕人、一般的年輕人。年輕和藝術家這兩項成分同等重要，要在天平上平衡，在小說中等比表現出來。

他是個年輕人，不是中年人、老年人，但定義他的「年輕」的，不是單純的年歲，毋寧是他身上那份藝術家的熱情與衝動，使得他無法將自己和周遭世界的關係固定下來。他因為選擇要做為一個藝術家，所以騷動不安，而有著特殊的面貌，需要特別以一部作品來為他畫像。

《草枕》中寫的也是一個人如何試圖以藝術家的態度來建構自己不同於一般「人情」的生活。然而除了這樣一份傳承自歐洲浪漫主義的信念之外，從英國回到日本的夏目漱石另有他對於時代的高度敏感。

他回到明治後期的日本社會。高速西化帶來了日本傳統生活的瓦解，過去視為理所當然的許多「人情」習慣，這個時候維持不下去了，紛紛鬆脫解紐、搖搖欲墜。然而舊的「人情」在消失中，取而代之的卻不是「非人情」得以發展的空間，而是另外一種現代「人情」的約束。在這種環境中，一個帶有「非人情」性格與衝動的年輕人，會遭遇什麼，又該如何自處呢？

如果只看《草枕》，很容易誤以為夏目漱石抱持的是一種菁英、高蹈的態度，以藝術的視角睥睨社會庸眾。不接觸藝術中最美好的表現，沒有看到體會過藝術的美好，就無從建立起品味，也就無法辨認什麼是惡俗，是不應該被忍耐的。曾經接觸、浸淫在藝術裡，被那樣的美感動過，就會對於平凡、甚至醜陋的事物發出不平之鳴，不願意忍受生活周遭的平凡與醜陋，才能促進群體生活的美化、進步。

我們應該好好讀幾篇古人寫的「賦」，例如范仲淹的〈秋香亭賦〉，理解什麼是「賦」體的精神與追求，「賦」在中文的表現上可以多美，遊走於文字的格律與自由間。讀過後，就會知道掛在桃園機場二航廈的那幅〈機場賦〉多麼令人尷尬，從文章到書法都是如此俗濫。

會有那樣的一幅作品大剌剌掛在那裡，因為我們徹底失去了對於「賦」、對於書法的品味，的確，大部分的人在生活中都很少、甚至從來不曾讀過任何一篇好的「賦」，看過一幅充滿藝術高度的書法作品。對於能夠欣賞〈秋香亭賦〉，熟悉從董其昌到董陽孜書法之美的人，就會對那樣的〈機場賦〉感到高度窘迫與難以忍受。

《草枕》中有這樣的意味，一個認知較高層次的美的藝術家，無法忍受庸俗的「人情」世界，所以他寧可放棄安穩生活的保障，出發去尋找「非人情」的解脫。然而，到了《少爺》中，夏目漱石將這樣的想法建構得更複雜、更曖昧了。

《少爺》清婆的「非人情」式價值

《少爺》小說中主要的伏筆是「清婆」。主角在家裡不受喜愛，因為處處比不上哥哥，只有老傭人清婆最疼他，而且最看重他。清婆一直支持他，比母親跟他還親。在清婆眼中看到的是一個什麼樣的「少爺」？

這是夏目漱石小說格外精采的部分。清婆是一個配角，始終疼愛這個別人看不起的孩子，最後死去時讓讀者跟著落下兩滴眼淚，這是一般通俗劇會有的寫法。然而仔細認真讀《少爺》，清婆不是這樣一個純粹無理由溺愛這個孩子的人，她也不是出於男女主人都喜歡老大，抱著同情憐憫的態度所以站到弟弟這邊。

清婆在這個弟弟身上看出一些很有價值的性質。透過一個沒有受過教育、沒有什麼知識的老傭人素樸的眼睛看到的。素樸直覺比世故判斷更能體會的，是「非人情」式的價值。

小說的鋪陳，到後來說服了我們，是的，這個清婆有她的眼光，有她的道理。中文將書名翻譯為《少爺》或《哥兒》其實都無法真正呈現出日文原本的意思。那是源自清婆對主角的稱呼，一份親暱、寵愛的表現，和中文「少爺」帶有的尊敬意味很不一樣。

換句話說，整部小說採取的，是清婆的評斷，以情節與事件來解釋為什麼清婆會對別人都不喜歡的這個人，帶著這樣一份恆常的疼惜。這個「金之助」是有其長處的，但別人、一般人，甚至他的父母很難體察、欣賞他的長處，因為他們都活在「人情」中，從人情世故的角度來評判人的價值。

小說中安排了讓這樣一個反對世故、甚至輕蔑「人情」的金之助，卻去擔任了社會上和「人情」關係最密切的職務——當一個中學老師。

最早讀到《少爺》時，我腦袋中聯想起愛爾蘭詩人威廉・巴特・葉慈（W. B. Yeats）。葉慈在一首詩中羅列出了詩最大的敵人，或說最無法理解詩、進入現代詩的世界的人。葉慈表現的是不折不扣的職業歧視，然而用這種方式來說明詩的特性，是有道理的。這些職業帶隨著必要的人生觀、價值觀，使得這些人所看到、所感受到的世界，和詩、詩人大相逕庭。

他等於是從負面來定義詩。如果抱持著固定的、不變的、狹隘的、死硬的、沒有彈性、不能動搖的態度，那麼詩就對你永遠關上了門。

這三種人，第一種是銀行員，因為他們滿腦子想的都是金錢；第二種人是教士，因為他們被灌輸了教義教條，沒有任何空間可以接受浮動的、曖昧的詩的意境。第三種則是教師。教師或許比銀行員、教士更糟，因為他們是「人情」的守護者，他們的工作就是要將這一整套固定存在的「人情事理」、「人情世故」教給學生。

小鎮裡的人情束縛

《少爺》書中寫了一個直覺帶有「非人情」衝動的人，身體內在的自然反感使得他無法忍受照著固定的「人情」過日子，然而，各種因素湊泊，他竟然當上了老師。

老師，尤其中小學老師的任務，不只是傳授知識，還要灌輸小孩所需的社會化技能，要求他們遵守社會規範，也就是教會他們依循「人情」，甚至內化「人情」的種種規矩。

一個帶有強烈「非人情」屬性的人，卻要去扮演「人情」的守護者與傳遞者的角色，這必然產生許多衝突，小說就環繞著這層層衝突展開。

他去到一個遙遠、陌生的地方當老師。做一個老師，不過在麵店裡多吃了幾碗天婦羅蕎麥麵，竟然就引來周遭的評斷。學生戲謔地將這件事寫在黑板上，將他刻畫成一個貪吃、奢侈的老師予以嘲弄。如此開了頭，就變成所有的人都盯著看他吃東西，下一次也不過在街上吃了個糰子，也被譏諷。

如此具體地顯現「人情」的力量。有一套大家視之為理所當然的標準，隨時用這套標準來衡量、來監視，看看你是否以符合「人情」的方式行為。用「人情」的標準評判：一個作老師的怎麼能夠貪吃？一個作老師的怎麼能夠隨性行為？以「老師」的身分套住你，你就失去了自由。

我們經常、甚至隨時活在這種被監視的不自由中，特別是傳統緊密的鄉鎮環境裡。我講過很多次我自己年少時的恐怖經驗。我在台北出生、長大，不過我的父母都是花蓮人，老家都住在小小的花蓮市內。因為家中開店做生意的關係，小時候每逢寒暑假大人沒空照顧小孩，就把我送回花蓮，住在二伯家裡。因而我和花蓮有這層特殊的關係。

我深切體會到，一個在小城小鎮中長大的人，和在大都市或在農村長大的，很不一樣。今天大部分的人都住在都市裡，或許不是那麼容易具體理解像《少爺》中所描述的那種小鎮生活。

讓我用我的親身經驗來說明。稍微大了一點，高中一年級的暑假，我去參加當時極流行的救國團暑期青年自強活動，報名了中橫健行隊，從武陵農場一路向東走到花蓮。到達花蓮後，住進花蓮農校，然後有了一個下午的自由活動時間。

五天健行的時間中，小隊裡的人都知道我是半個花蓮人，對花蓮很熟。於是好幾個人都要跟著我去逛花蓮市街。一行人從農校沿著中華路走到街上，看到第一個公共電話，我想起媽媽交代的，撥了長途台打電話回家。那一頭媽媽在台北接起電話，先問我：「為什麼還沒去你叔叔那裡？」我解釋說才走到中華路和中山路口，離叔叔家中正路還有一段距離，等一下就去。

然後媽媽的下一句話是：「在你身邊的女孩子是誰？」

還原所發生的事：就在從農校進城的路上，有人認出了我，打電話給我叔叔，說有看到你台北二哥的兒子在路上，而且是一群男男女女喔！於是在我前面，嬸嬸先打了電話給媽媽，媽媽聽到的重點，就放在兒子身邊有女孩子這件事上了。

這就是小鎮生活，走在街上，我甚至不知道遇到了誰，但很多人一眼就認出我是誰的兒子或誰的姪子，很自然地向我的親戚通報我的行蹤。

如此緊密的人際關係，隨時的行為評價，有其恐怖的一面。

逃脫人情的人生選項

「少爺」金之助（順便一提，這是夏目漱石的本名，顯然小說有著濃厚自傳性成分）惱怒於這些人不斷監視他、評斷他。接下來在他留校守夜時，發生了老師和學生的衝突。

小說中的主要事件其實都很簡單，卻引出了「人情」世界中種種不合理的處理方式。在「人情」判斷裡，一個老師就是不應該吃四碗蕎麥麵，如果你打破了這個不言而喻的規矩，活該受到議論懲罰。

金之助要如何以他的「非人情」信念去承擔起老師這個角色的「人情」責任？他惹了很多麻煩，但仔細讀就知道，真的不是因為他有多調皮、多惡劣或有什麼激進的態度，麻煩主要來自他無法適應作為一個「人情」傳承者的仲介角色，他無法壓抑自己內在「非人情」的個性。

小說的另一項主題，則是這樣一個人要如何在「人情」籠罩的環境中，辨識、找到「非人情」的同類。

在這方面，我們可以清楚看出，《草枕》是以寓言、而非寫實的方式呈現的。畫家出發去尋找「非人情」的生活，找到了那美小姐和大和尚等人，得以從他們的生活中去思索去咀嚼「非人情」的種種深意。

現實當然不可能是如此。大家都被「人情」約束、改造了，就算有「非人情」的衝動與傾向，也都被訓練得非得在人前藏得好好的不可，那要如何找到同伴，能夠在讓自己如此痛苦的虛偽世界中，保有一點真誠的安慰？

這個主題聯繫上了夏目漱石的經典小說《心》。這本書名乃是源自：每個人都有藏著的

「心」，沒有人會 wear heart on the sleeve，沒有人將自己的心別在袖子上，我們無法知道人心裡有什麼。

而阻礙我們理解人心最主要的障礙，也是「人情」。「人情」施加一層層的表面固定行為在人身上，障蔽了人的真實內在，隔絕了「心」。「人情」同時訓練人不再以自己的「心」來感受、處理、表達。要碰觸別人的「心」如此困難，事實上，被「人情」同化到一定程度，會連要碰觸自己的真心，都變得如此難得。

《少爺》小說中，金之助猶豫疑惑身邊的兩位老師，誰才是真心對待他的。如果從創造懸疑的角度看，這段寫得並不是那麼好，因為我們閱讀時，幾乎都看得出來那兩個角色誰比較真誠。小說後來的發展，應和、證實了我們的判斷。

不過，這也就顯示了，金之助比我們都更天真，具備更強烈的「非人情」性格。所以絕大部分的讀者都能看穿的情境，已經是讓他掙扎難以判斷的考驗了。

因為夏目漱石在人生觀已經定型了才開始創作小說，前後創作小說的時間又只有十多年，於是這個最為讓他糾結的問題，沒那麼容易可以解決。他一再地在不同小說作品中嘗試、探索，另一方面也是因為他早早就認定對於他最在意、念茲在茲的主題，當時文壇流行的自然主義完全無能為力。

在科學主義的信念引導下，從左拉那裡傳來的自然主義小說，從一開頭就認定了「遺傳」和「環境」足以決定一個人的人生。如此便剝奪了人最基本的選擇，人是被「遺傳」和「環境」所決定的，無法自主選擇要有什麼樣的人生。

怎麼可能是這樣？夏目漱石不相信、不接受，至少一個人會困惑於要不要被納入「人情」中，可以選擇要過「人情」或「非人情」的生活，也就是自己決定和社會集體規範保持什麼樣的距離。

這是人的權利，也是人生的難題。自然主義先入為主取消了這個關懷，夏目漱石卻要在一部又一部的小說中，以不同的角色、不同的情境、不同的故事來探索這個主題。

《虞美人草》的敘述視角

《虞美人草》有兩種文體，兩種不同的節奏，我們可以將之視為「人情」與「非人情」，或通俗生活與藝術生活在形式上的角力。奇特、開創之處在於：小說的角色與情節都沉浸在通俗的「人情」裡，然而小說背後的敘述聲音，卻從頭到尾抱持著「非人情」的眼光，來描述並評論這些通俗「人情」事件，構成了一種夾敘夾議的文體。

敘述聲音不是客觀地描述在哪裡發生了什麼事，而是在每一句話、每個描述中，都夾帶了強烈的主觀。敘述的一貫主觀傾向，要讓讀者感覺到任何一個場景與事件，都不是正常的。

單純從小說敘述上看，這個聲音很累贅，而且是犯規的。小說中從來沒告訴我們究竟是什麼樣的人在表達如此主觀的意見，卻又讓我們只能透過這份強烈主觀來理解小說中所發生的事。

小說裡引用了甲野日記中的一句話：「觀色者不觀形，觀形者不觀質。」意思是人在和外界接觸時，有三種不同的層次。最表層的是「色」，如果你專注於看表面的現象，不會注意到萬事萬物皆有其「形」，一種構成的形式。必須放掉對於炫惑於表面的感受，從另一個角度才能體會「形」。

而在此之上，還有第三個層次，那是認知抽象的「質」，事物的quality，或是essence，性質、本質。如果只停留在對外形的認知，無法洞視內在的性質、本質。

小說中隱藏的敘述者引用這句話是為了描述、評斷小野這個角色，說他就是一個只觀看表面顏色過日子的人。接著又有甲野日記中的另一句話：「生死因緣無了期，色相世界現狂癡。」也是用來評論小野，說他就是一個住在色相世界裡的人。

先給了主觀的評價，然後小說才真正描述、交代小野的出身。小野出生在陰暗的地方，有人甚至說他是私生子，他小時候上學就經常被同學欺負，走到哪裡，狗都吠他。有一天，他的父親死了，在外頭吃盡苦頭的小野無家可歸，不得不寄人籬下。

然後形容什麼是「陰暗的地方」：

海裡面的海藻，長在陰暗的地方，他不知道白帆飄來飄去的岸邊有陽光。他是看不到陽光，在陰暗的地方。海藻只能任由波浪擺弄、漂流、搖擺，只要隨波逐流，它只能隨波逐流，習慣他就不會意識到波浪的存在，也無暇思考波浪到底是什麼東西。更不必說要去思考或要去探索為什麼波浪要這樣殘酷的打擊自己。即便去思考這個問題也無謂，因為無法改變。命運之神命令海藻生長在陰暗的地方，於是海藻便生長在陰暗的地方。命運之神命令海藻朝夕晃動，永遠不能停止，於是海藻也就永不止息。

這樣一個活得像海藻般的人，在京都受到孤堂老師的照顧，老師幫他訂做了藍白碎花的衣服，這是最平常、可以穿到學校去的衣服。學校每年二十元的學費也是由老師資助的。在京都成長的過程中，他學會了在祇園的櫻樹下低首徘徊，然後仰頭看知恩院上面掛著的御賜匾額，領略到這樣東西如此高高在上。

他吃飯的分量逐漸增加，終於增加到成年男子的分量，水底下的海藻總算離開了泥土，浮上水面。

小說中用這種極度主觀，帶有強烈評斷意味又帶著一點詩意抒情性的筆法，來介紹小野。

「世界是顏色的世界」

小野後來從京都去到東京，於是小說又先給了一段對於東京的主觀形容：

> 東京令人目眩，往昔在元祿時代，能夠維持百年壽命的東西，到了明治時代就只能夠維持三天。其他城市的人用腳跟走路，在東京，人們用腳尖走路，甚至有的時候倒著走，或者是側身走。性急的人甚至是用奔跑、奔飛的。

東京的生活節奏讓小野嚇了一跳——「轉了一圈之後，睜眼一看，發現世界已經徹底改變，即便揉了眼睛，揉了揉他的眼睛，世界也不會恢復原來的模樣。」接下來是一句警語式的評論，不是出於小野，而是藏在背後的敘述者：「唯有世界變壞了，人才感覺變化。」如果變好了，我們很容易接受，視之為理所當然的發展，但如果朝向對我們不利的方向變化，我們必定立即受到刺激，感到難以接受。

東京帶來的變化對於小野來說是好的，所以他很快適應了。毫不猶豫地用東京的節奏往前走，朋友們稱讚他是天才，教授們也認為他前途一片光明。到他從東大畢業時，呼應前面在京都知恩院仰望御賜匾額的經驗，他竟然得到了天皇御賜的銀錶。

然後，敘述者卻又下了一句斷語：「浮上水面的海藻，開出一朵白花來，海藻完全沒有察覺自己其實沒有根。」

雖然說的是小野的身世，但其實我們從來沒有機會真的見到小野這個人。即使是現實上他進了東大，在東大以最優秀的成績畢業，但敘述者都不允許我們對他產生正面肯定的觀感，而要尖銳地提醒我們，他來自那樣的陰暗之地，即使現在有什麼成就，關鍵仍然在於他是「沒有根」的。

然後敘述者丟開了小野，回到前面說的「色相世界」，改換語氣，帶點諷刺意味地思索：色相的世界是顏色的世界，所以觀賞顏色就等於觀賞世界。世界的顏色會隨著自己的成功而更加鮮明，當顏色鮮豔到得以勝過真正的錦緞時，才算沒有白活寶貴的人生。

小野是一個專注於色相外表，所以看不到也感受不到形式與本質的人。具有象徵意義的形象是他的手帕經常會散發出香水的味道。

然後下一段，又以同樣的「世界是顏色的世界」開頭：

> 世界是顏色的世界，形狀只是顏色的遺骸，只懂得討論遺骸而不解其味的人，猶如只計較美酒盛器的方圓，卻不知如何處理往上冒出泡沫的男人。無論人們如何品評盤子，他們也不會去把盤子吃掉，但如果不及時讓嘴唇沾上酒沫，酒就會失去味道。重視形式的人將摟著無底的道義酒杯在街頭踽踽。

再下一段，再度重複「世界是顏色的世界」：

世界是顏色的世界，是烏有的空花，亦是鏡花水月，所謂真如真相是不為世間所接納的畸形人，為了祛除不為世間所接納的心中積怨，在黑甜鄉裡做著一場白日夢而已。盲人摸鼎的時候，因為看不見顏色，所以會想要細究其形狀，但連手都沒有的盲人他們根本不會去摸，要在耳目之外追求物事本質的人，就像是沒有手的盲人。小野的桌上插花，柳絮在窗外吹綠，小野的鼻頭戴著一副金邊眼鏡。

我們不能用一般讀小說的態度來讀這些文字。這不是用來服務小說的敘述，文字本身就是目的、就是內容，甚至是倒過來，小說人物與情節成了這些評論文字的示範、佐證。重點在於諷刺地描述這種停留在表面，膚淺地活著，卻自以為活得很好的人，而小野會刻意在手帕上噴香水，選擇佩掛金邊眼鏡，正是這種人的典型形象。

一百個世界

還有這麼一段，開頭是像詩般的句子：「擦火柴的時候，火焰會立即消失，掀完層層的彩錦之後，只剩下素白境地。」這是要讓讀者自己去體會的，感受到在時間中，什麼是快速消逝的，什麼才是會留下來的，而往往前者絢麗燦爛，後者接近空白，如此產生豐富的寓言效果。

然後才讓兩個角色上場：

春興盡在兩名青年身上——穿著狐皮背心，橫行天下的青年，與懷中揣著日記、思考百年憂愁的青年。他們兩個人一起踏上一歸途，罩著古剎、古社、神森、佛丘的悠閒京都日頭，總算下山了，那是倦怠的傍晚。一切都將消逝的大地只剩下星辰，而星辰卻也渾濁不清。星辰懶得眨眼，打算融入天空，過去在沉睡大地的深處，開始活動。

敘述間仍然夾雜著詩般的語言，將星辰擬人化。再下來是一段評論，和小說的情節完全沒有關係，也不是這兩位青年的感受，是來自於隱藏的敘述者的主觀懷想：

每個人的一生都有一百個世界，人有時會潛入地底的世界，有的時候會在風的世界裡面飄搖。甚至在鮮血的世界裡面，淋著血雨，集一人的世界於方寸之地的糰子，與清濁同流的其他糰子（だんご，通常是一顆顆串在一起賣的小糯米丸子），重重疊疊，活現出千人的千個現實世界。人的經驗用這種方式疊合在一起，每個人的世界中心都安置著每一個人的因果圓心，左來右去畫出與自己相襯的圓周。以憤怒為圓心的圓周快速如飛，以愛情為圓心的圓在空中烙下火痕。

我們將什麼情緒放在中心，其他的「一百個世界」，眾多的經驗與記憶，就會隨而產生不同的次序、不同的安排，連帶地，生命的速度改變了，生命的性質與效果也改變了。

這邊甲野和宗近兩個人要離開京都，踏上東行的歸途，他們沒有意識到小說中另外的重要角色，孤堂先生和女兒小夜子，他們也搭上了同一班火車。單純只為了小說的敘事，只需說甲野兩人和孤堂先生父女，恰好搭了同一班從京都開往東京的火車，這樣就好了。

但重點在：夏目漱石沒有要寫那樣的敘事小說。他從這兩對人的偶然引伸出去，每個人的諸多世界，又會以不同方式和別人的世界交錯：

有人操縱著道義細絲在活動，有人隱隱繞著奸譎之環，當縱橫前後、上下四方，紛亂飛舞的世界與世界交叉時，南北完全隔離的人便會同舟。……自己的世界與自己的世界交叉時，有人會切腹，自取滅亡。自己的世界與別人的世界交叉時，有時兩個世界會同時繃緊，甚至崩裂，或者互相碰撞，噹啷一聲，拖著熱氣分道揚鑣於無極，生涯中若發生一次激烈交叉，人就不用站在閉幕舞台，也能夠成為悲劇的主人翁。上天賜予的個性在此時方始以第一義為本而躍動。

這裡的關鍵詞是「第一義」，意指人如何能彰顯、理解自己內在個性的本質？什麼才是一個人的決定性生命意義呢？不會在日常生活中呈現，而是在和他人世界激烈交錯時，發生了悲劇性的故事，我們才能真正認知自己究竟是個什麼樣的人。

如此評論過了，敘述者還要添加兩句。一句是自我拆解，先告訴我們「在八點開出的夜車上交叉的兩個世界並不激烈，然而倘若只是相遇又離別的萍聚緣分，在耀星春夜，在連名稱都帶有蒼涼味道的七条，他們沒有交叉的必然性。」從這裡又引出另外簡短一句對「自然主義」小說的吐槽：「小說能雕琢自然，自然無法成為小說。」在自然裡，這兩對人沒有什麼激烈的戲劇性遭遇，只是偶然萍水相逢又散開了，必須靠小說的虛構創造，才有可能呈現「第一義」本質的悲劇性故事，所以，怎麼可能靠「自然」來形成「小說」？「小說」又如何可能是「自然」的？

《虞美人草》中「非人情」的甲野

明瞭夏目漱石如何寫《虞美人草》這部小說，大有助於我們讀這部小說，並有所領會。

這部小說有兩個幾乎可以分別獨立存在的部分，一部分是正常的小說敘事，什麼人、在什麼地方、發生了什麼事；另一部分則是由詩一般的語言所構成的持續感慨評論。

延續著之前《草枕》和《少爺》的讀法，我們可以容易地分辨：前者是從「人情」之眼所看出去的世界，後者卻是從「非人情」出發的感受與體會，將我們在「人情」中不會看到、不會在意的予以誇大呈現，將「人情」中的平鋪事實轉化為意義。

和《草枕》中完全相反的是，《虞美人草》裡要以「非人情」之眼去解讀的，非但不是像那美小姐那樣的謎樣人物，甚至卻是最人情、最世故的產物。這個女人是甲野的後母，自己只生了一個女兒，這時候她念茲在茲想的都是：一旦不是自己親生的甲野繼承了家產，會發生什麼事？自己該怎麼辦？

她以最世俗最「人情」的關懷看待所有的事情，而且感染了她的女兒藤尾。不過她們遇到了一個抱持強烈「非人情」態度的甲野，一個真正有興趣去學哲學的兒子與哥哥。

甲野很早就對後母表態：因為後母不可能信任他，所以他不會要撫養後母，但他願意放棄所有的財產給後母和妹妹，所以她們可以不用擔心，後母可以再嫁，妹妹也可以招一個贅婿，一定會有穩定的生活。

然而這個後母對甲野來說，形成了難解的謎。因為即使他如此清楚表態了，也真的要如此處理，這個女人卻總無法相信，無法停止不斷地算計操控。從她深浸在「人情」裡的固執觀點，很難相信有人會願意放棄財產，而且就算偶而感受到甲野的真誠，她也馬上又生出另外一份「人情」的困擾。她要擔心鄰居說話，說她將丈夫的長子趕出去，奪走他應得的家產。

她的人情世故將自己困在一個沒有出路的地方，只能和女兒不斷地想各種方式對付甲野。她們當然無法理解甲野；從甲野的角度，她們的想法和行為，也是一連串難解的謎。

甲野的父親還在時，有默契要將妹妹藤尾許配給甲野最要好的朋友宗近一。然而和媽媽同樣世故的藤尾也不可能了解和哥哥同樣「非人情」的宗近。

小說中為什麼用那種方式描述小野？因為這對母女找到了小野，選擇小野作為贅婿的對象。小野是個孤兒，他的身世使得他和正常的「人情」有距離，然而他的積極功利之心又必然將他拉往「人情」那邊。他是由老師撫養長大的，老人理所當然要將女兒小夜子託付給他，然而他從京都到了東京之後，被那新世界炫迷了，幾經猶豫游移，他終究選擇了要去當藤尾的贅婿。

說教的結局

沿著「人情」與「非人情」的對立讀《虞美人草》，小說的內容就變得極其清楚，甚至太清楚了。從情節的鋪陳、推動上看，這實在不能算是成功的小說，很多地方的表現接近一廂情願的通俗劇（melodrama）。最「通俗」之處是，誰屬於「人情」誰屬於「非人情」都是擺明、固定的。而且作者對於「人情」與「非人情」的正負面評斷，也是固定的。

代表「非人情」的甲野和宗近，是一體兩面。宗近很開朗，他不在意「人情」，會用一種嘲弄的態度來看待「人情」。他不在意考試考得上考不上，就連要不要娶藤尾，能不能和藤尾結婚，也都不那麼在意。帶著一種大剌剌的態度。

甲野則呈現了「非人情」陰鬱的一面。我相信這部分的性格比較接近夏目漱石本人。他的「非人情」表現在他看重的總是和別人不一樣，感覺上在這個世故的環境裡沒有人能了解他的選擇。他之所以陰鬱、神經質，一部分來自於他難以和其他人溝通。

小說中費了很多篇幅敘述一件簡單的事——他對父親畫像的看法。那畫像的眼睛使得他將這幅畫看得比任何遺產都重要，但他無從解釋、表達他的感受，不可能讓別人了解這種感受。於是他抱持著一種放棄溝通的態度，和所有的人都保持相當距離，只有宗近的妹妹算是唯一的例外。

小說最一廂情願處在於結局，宗近一介入改變了一切。這樣的逆轉情節不太可信，不過夏目漱石仍然以他的傑出筆法，傳遞了感人的氛圍。宗近一將看似迷途的小野硬拉了回來。小野不只在「人情」與「非人情」間掙扎拉鋸，他也受到這個時代「傳統」與「現代」價值觀沖激的考驗。

到了東京，他看到原來的老師和小夜子覺得他們好土，不能想像自己要娶這樣的女子為妻。他自認是個現代人了，而他們還活在傳統中。更何況回頭娶小夜子還意味著將失去藤尾帶來的家產和前途機會。但在小說最後，宗近一去找了小野，跟他說了一段話，動搖了小野原本的決定。

以前念書的時候你的成績比我好，腦筋比我聰明。我很尊敬你，因為尊敬你，所以我來救你。在這個面臨危險的時刻，如果不矯正你那天生的個性，你將終生都活得坐立不安，即使你再怎麼用功學習，即使你當上了學者，你也會後悔莫及，這個時候最重要的，小野，你必須真心待人。

這世上有很多終生都不明白何謂真心的人，只靠表皮活在這世上的人，和用泥土製成的「人形」差不多。如果當事人本來就缺乏真心，那是另當別論，可明明有一顆真心的人，讓他當人形就太可惜了。以真心待人後的心情非常舒暢，你有過這種經驗嗎？如果沒有，你現在就經歷一次看看，這種事一生只有一次，錯過這個機會，往後就沒機會了。你將會終生都不理解真心的滋味，再帶著這個狀態進到墳墓裡去。在你死去之前，你都會一直活得像長毛獅子狗一樣，不安地轉來轉去。只有累積真心待人的機會，人才會變得愈來愈高尚，會愈來愈覺得自己活得像個人。

我不是在吹牛，沒有親身體驗過的人不明白這個道理，你也知道我既沒學問，也不用功，考試考得很差，成天無所事事，但我比你坦然。我妹妹一直認為我是個粗線條的人才會這樣，或許我真的是個粗線條的人，不過，如果我真的那麼粗線條，我今天就不會僱車趕來你這裡。不是嗎？我能夠比你更坦然，並不是因為學問好壞，也不是因為用不用功的問題，這些都不是問題，而因為我偶而會真心待人。

說會真心待人好像有點不恰當，應該說能夠真心待人，這世界上沒有比真心待人更能加強自己的自信，只要你愈真心待人，你就愈能夠活得穩穩當當，愈是真心待人，愈是自覺精神的存在。只有在你真心待人的那個時候，你才能領悟自己確實存在於天地間的觀念。所謂真心待人，小野，是全力以赴的意思，是戰勝對方的意思，是不得不戰勝對方的意思，是人類全體都在活動的意思。巧言令色或者是小有才幹的人，他們再怎麼努力，都不能算是真誠的人，只有把大腦中的東西全部扔向這個世界，才能體會自己是個真誠的人。才能夠感到心安理得。

很長一段說教，以小說的標準衡量太長太直接了，立刻發揮了改變小野的作用，也太快太戲劇性了。不過我們從字裡行間可以讀得出來作者的激動與誠意，這是他真正相信的，所以他忍不住完整地寫在小說裡，而且忍不住在想像中賦予了這份道理強烈的感染與說服力量。

第五章
夏目漱石作品間的關聯

十年創作收束於《心》

夏目漱石最了不起的地方，就在於對於自己小說成敗的高度自覺，並且不懈地持續精進，他不會輕易放過自己的失敗，前一部小說寫壞了的地方，就成為下一部小說的主要挑戰。這是他一部一部小說接連寫下來，彼此之間的特殊關聯。

《虞美人草》以說教的方式凸顯「真心待人」的重要性，到了《心》他就設計了完熟的人物與情節，來探索：什麼是「真心待人」？如何表達真心？說教是一回事，要落實在生活上，「真心待人」有那麼容易嗎？

「心」到底是什麼？我們如何認識真心，如何 touch the heart？我們又如何表現真心？夏目漱石明白：在《虞美人草》中，自己將這件事處理得太天真了，劇情突然急轉直下，經過了宗近的一番慷慨陳詞，小野幡然決定去照顧小夜子，而且和甲野、宗近形成了一個「真心聯盟」去對抗謎樣女人和她女兒的暗黑勢力。

藤尾約了小野，小野沒出現，回到家卻發現小野帶著小夜子在等她，正式告知藤尾：小夜子是他未來的妻子。小野不只要真心對待小夜子，還要對藤尾誠實。最後，幾乎沒有準備與交代，藤尾就死了，留下一個充滿悔恨的母親。甲野出面安慰他的後母，保證還是會照顧她的生活，如此解決了所有的問題。

這當然不是好小說，但仍然是有價值的小說。其中一項價值在於，這是夏目漱石透過小說所進行的一番試驗，虛構假想「人情」與「非人情」能夠產生的最大衝突狀況。在《草枕》中他以「非人情」的文字來描寫「非人情」的想像世界，寫來得心應手，然而到了《虞美人草》中，他卻發現一般正常的文字既無法描寫「非人情」，甚至也無法碰觸到「人情」的鄙陋。

所以他必須重新打造自己的文字，甚至重新尋找描述「人情」世界的方式。他不能用平鋪直敘的方式，因為那只會矛盾地呈現一連串庸俗到不值得特別去描寫的現象。他只能夾敘夾議，用詩一般的語言，抱持「非人情」的立場持續進行主觀的介入。因而使得小說中充滿了教訓與感懷。

《心》是他晚期最成熟的一部作品，將他十多年創作小說的眾多線頭收束在這裡，以至於如果沒有讀過他之前的作品，很容易便錯過了這部分的用意用心。例如從《少爺》連結過來，對於小說一開頭的「せんせい」會有不同的敏感。中文翻譯為「老師」，但這個人從來沒有教過他，更奇特的是，他說從第一眼就覺得只能用「せんせい」來稱呼這個人。

小說中從第一行直到最後，都稱「せんせい」。連結《少爺》中所呈現、討論的老師身分，意識到老師是「人情」最主要的傳承者，我們會明白這麼一位一看就像老師的人，他的人生為什麼遭遇了這些困頓與難處。

還有《三四郎》，這部小說主要寫的是一個大學生的成長遭遇。而這位主角和其他人不一樣的地方則在於他有著一份強烈的直覺，認定成長中最重要的事，在於找了一個真正的老師，絕對不是一般學校裡替你安排的，像《少爺》小說裡會出現的那些老師。然而如此重要的事，大部分的年輕人卻都不知道。這是貫串小說的一項感慨。

《少爺》小說裡的老師不想當老師，學生也沒有想要他當老師，純粹因為「人情」、因為社會規範，使得他們成為師生，硬是被綁在一起，實質上對雙方都是悲劇。在《三四郎》中則描寫了主角如何替自己找到一個真正老師的經過。

關於「真心」的課題

在《心》中，敘述者「我」只是在游泳時遇到這個人，立即感覺到要接近他，而且如此堅持才使得這個人沒有在他生命中消失。他從來不知道、也沒有預期要和這位「せんせい」學什麼。在學校裡，都是固定的國文老師、數學老師、體育老師，但這位老師不知道是什麼老師，但他卻固執地維持稱呼「せんせい」，固執相信一定可以從這個人身上學到神祕的、不確定的什麼。

過程中他當然也會不斷懷疑自問：這個人身上到底有什麼如此吸引我？有什麼素質給我那麼大的刺激，或可以教我什麼？於是就發現，這個人最特別的是「不在這個世界裡」，意思著這個世界認為理所當然，一個人應該有的、應該會的，他身上都沒有。那他為什麼而活著，又靠什麼而活著？

一以貫之，這個人以其「非人情」的性質吸引了敘事者「我」。又是「非人情」。然而從《草枕》到《少爺》到《虞美人草》，夏目漱石用來鋪陳、展現、探討「非人情」的手法都不一樣。《心》又更不一樣了。

在這部小說中，「せんせい」的「非人情」以高度悲情的方式表現出來。小說寫得很流暢，但在流暢中多有保留，話不說完說滿，情節也不說完說清楚。一直到第一段結束時，敘述者我都還是不明白在「せんせい」身上到底發生了什麼事，然而這無礙於這樣一個帶有濃厚悲劇氣息、「非人情」的人，已經教他很多了。教他如何看待父親之死，教他如何看待圍繞著死亡的「人情」，幫助他獲得了新的眼光。

《心》這部小說的三段結構，是夏目漱石作品中最困難的，尤其是第二段看起來似乎和前後兩段都沒有必然的連結關係。另外在寫小說時的大挑戰是：很早就讓讀者知道「せんせい」身上藏著一個大祕密，卻一直延宕揭露祕密的時間。每多拖過一個段落，讀者的好奇心就多一分，也就愈容易到揭曉時產生了「原來祕密不過如此」的失望之感。

夏目漱石用不同風格的文字來解決這個問題。「せんせい」最後的信，和前面所使用的敘述文字很不一樣。前面敘事者「我」的述說一直很流暢，換成「せんせい」書信就換成比較遲疑、笨拙的口氣。「せんせい」帶著歉意說自己很久沒有寫東西了，然而那樣的遲疑、笨拙卻同時帶有一種良心掙扎的真誠告白性質。

而且那遲疑、掙扎的口氣又和「せんせい」在信中說的事情相配合。這個故事如果可以

很流暢地說出來，也就不會是那樣的悲劇了。文字帶來的悲劇力量，悲劇引發我們的同情，於是讀者不會落入過度期待祕密而產生的失望裡，不會覺得小說結尾的揭露和自己原先的預期有什麼落差。

這是以驚人的技巧跳過高難度的障礙。而且夏目漱石用這種方式彌補了自己在《虞美人草》裡通俗劇式收場的缺憾。真心待人哪有那麼容易，必須從百死千難中才能磨得出來的，要付出很高的代價。

對比之下，《虞美人草》裡的處理方式近乎笑話。宗近對小野大聲疾呼：「要真心待人！現在就真心待人！」於是事情就成了。顯然夏目漱石自己不滿意這樣的輕率結局，在《心》中，他重寫一次，重新將真心待人寫成非常嚴肅、不可輕慢的課題。

真心與人情的相互矛盾

《心》小說中發生在「せんせい」和K之間的，其實很簡單——兩個都和周遭現實格格

不入的「非人情」的人彼此遭遇。而K甚至比「せんせい」更「非人情」，被提醒了他和這個世界間最後一點點聯繫都斷絕了，他就沒有理由要繼續活下去。但對「せんせい」來說，這是一份良心的譴責，K的自殺似乎在對他說：唉，就是因為你有那麼多的人情算計，終究將一個比你更「非人情」的人害死了。

他一直背負著這樣的罪惡感苟活著，無法從巨大的挫敗中走出來。他甚至再也提不起勇氣來去追求一份「非人情」的生活。他的人生到這個時候被一個執念籠罩，甚至被這個執念定義了——他就是一個比K更「人情」更虛偽的人。

夏目漱石刻意將整件事情安排發生在一九一二年。那是明治天皇去世的那一年，也是「明治時代」正式的結束。明治天皇去世引發了乃木希典和夫人的自殺相殉事件，進一步震動日本，產生更強烈的時代終結之感。

乃木希典的遺書中說，其實從「西南戰爭」之後，他就是帶著挫折苟活著。「せんせい」一算，乃木希典「苟活」了三十多年，而明治天皇之死，意味著終於給了乃木希典解脫的理由，可以不用繼續活下去了。

小說中用乃木希典的故事反襯解釋什麼是那種強烈的「苟活」之感。一個人的挫敗可以強烈到這種程度，讓他感覺到從此之後不再是真實的、一般的人生，變成為「苟活」或「餘生」。相較之下，我們還比較容易了解乃木希典，因為他是個軍人，他遭遇過軍人最沉痛的兩項打擊。一次是「西南戰爭」中被視為背叛了天皇，另外一次是曾經主張放棄台灣，因而被視為怯懦。所以他最後以切腹為天皇殉死作為自己的終局。

但「せんせい」呢？我們能夠理解發生在他身上的事和乃木希典的恥辱之間的類似性嗎？這是《心》給予我們閱讀理解上的考驗。不要被這部小說表面上看來單純的敘述誤導了，其實這部小說比《虞美人草》更深、更難讀，它的難不在表面的文字，而在內裡深藏的人生體會。

要真心待人必定會和「人情」衝突。「人情」抹煞個人、個別性（individuality），要求人按照集體的身分來行為，甚至來感受、來思考。所有不符合集體身分的，都應該被壓抑下去，最好徹底取消。然而一個不具備 individuality，連個人自我都沒有的人，怎麼可能有「真心」？

要真心待人，你必須先是個能做決定、願意做決定的個人。沒有個別性的人只會在「人情」中流轉，永遠不會有真心，因為永遠不知道自己的真心在哪裡。

「人情」另外一個可怕的地方是將每一個人分類，認定同一類的人就是一樣的。因而使得人先入為主將別人看作是一樣的，失去了去體會他人個別差異性的耐心與能力。

當然這也正是「人情」的作用——讓我們省事，不用費心去認識、去了解一個一個的人，只需要稀里糊塗籠統知道幾個大分類，記得、培養了固定的對待習慣，就有自信去處理人際關係了。

「真心」不只是和「人情」相反，更重要的「真心」是理解他人的起點、依據。《心》小說中，「せんせい」告白自己年輕時誤判了許多事，包括誤判了小姐的用心與對他的感受，最嚴重的，是他誤判了K究竟是一個什麼樣的人。真心沒有那麼容易，但從individuality才能形成的真心，何等重要！

共同的問題意識

夏目漱石的「國民作家」身分，源自於西方文化排山倒海沖灌進入日本，使得日本人近乎無所揀擇地要努力趕上西方的歷史情境。

先是急著「開國」，接著急著「維新」，然後急著「立憲」，然後急著換西服、西式髮型，然後急著建設西式的建築與都市，再將日本的法律制度急著全盤改造。這些年間日本國會的紀錄非常驚人，以人類歷史上少見的速度，忙碌地通過了一項又一項法律，不只是數量，而是許多法令關係到國家、社會的根本改變，都以不可能討論、不可能認真思考的速度，從西方傳鈔引進就直接定案立法。

到夏目漱石開始寫小說時，累積的變化給日本人的人生觀與生活現實，帶來了何等巨大的壓力。夏目漱石基於他的和、漢、洋三種文化認知，針對此時的社會徬徨矛盾，提出了可以稱為「夏目提問」或「夏目題綱」來幫助讀者整理自己的處境。

貫串這幾部小說的總提問是：我們應該繼續以「人情」的方式過活，還是要去尋找、追求新的「非人情」可能性？

一般介紹夏目漱石小說時，都會提到「傳統」與「現代」之間的關係。夏目漱石以小說處理傳統與現代並存、衝突現象，這是事實，但這只是他和同時代其他作者共有的背景，不足以點出他的獨到之處。他的小說比當時其他作者的作品要來得複雜，卻又更能切中當時讀者的需要，乃在於他提出了對於傳統與現代互動的一個特殊面向，也是一個特殊方向。

夏目漱石是一個神經過敏的人，對當時進行中的變化有比別人更敏銳的感受。最重要的，他對「現代」沒有空洞的幻想，絕對不會單純地選擇「現代」。「傳統」或「現代」不是他價值意識中主要的區別選項，「人情」與「非人情」才是。

「傳統」不必然就是「人情」。父親希望兒子娶舅舅的女兒，這是「傳統」也是「人情」；但在《草枕》中訴諸於對傳統繪畫與古物的理解欣賞，卻提供了讓敘事者「我」得以擺脫「人情」的力量。在夏目漱石的第一部小說《我是貓》中，假借家中貓的視角就是要去諷刺這些進出家中的人，個個醉心於「現代」的裝模作樣。在這裡，「現代」是他們的「人情」，是他們庸俗生活中最重要的部分，使得他們荒謬地拘執不自由。

《虞美人草》書中戲劇性的結局是小野的轉變。他在傳統的京都長大，到了東京之後轉而擁抱現代，所以當孤堂老師和小夜子來找他時，對他簡直就是他已經拋棄了的過去如噩夢般復活了。如果用傳統和現代來劃分的話，那麼小野已經選擇了現代，堅決要將傳統拋在腦後，但很明顯地，夏目漱石沒有要將這樣的選擇寫成是正確的、值得肯定的。

小說結尾宗近將小野拉回來的教訓是：「要真心待人。」現代成了小野的「人情」，使得他虛偽，那都是外表的炫耀，成了他的句袱，使得他無法面對真實的自我，更使得他處處受這種「人情」的綑綁。

「現代」不必然帶來自由，「非人情」才能使人自由，「非人情」是日本人要能得到新的個人主義精神必經的追求。這是「夏目題綱」最主要的意涵。

《三四郎》的人情角力

《草枕》用比較天真的方式提案，呼籲人要去追求「非人情」的自由生活。但夏目漱石不會停留在此。之後的幾部小說，他分別從不同的角度審視：在現實環境（而不是《草枕》中那種半夢幻的情境）中，我得以擁有的「非人情」選擇是什麼？選擇與追求的過程中，我又必須付出什麼樣的代價？

每一部小說都環繞著「人情」與「非人情」的角力、對抗，提出了新的論題，給讀者帶來了新的刺激。《草枕》是最概念性的，之後其他小說則是「實存的」，在生活實際的條件下展開「非人情」的掙扎。

《三四郎》這部小說的實存條件，是東京大學。來自熊本鄉下的三四郎到了東京，進了東大，遇到了兩個「非人情」的代表性人物。一個是沉浸在物理學研究的野野宮，他想的都是如何理解光的現象，光的粒子與波的現象如何統合，又要如何測量光的質量。他將自己投注在科學的研究中，過著一種「非人情」的生活。

雖然他在國外的物理學界很有名，但在日本沒有人認識他，整天邋遢地活在地下室裡，從一般「人情」的角度看，野野宮簡直就不存在。

另外一個代表性的角色是廣田老師。他讀了很多書，很有學問，然而在生活上，他只是一個高校老師，沒結婚、沒有家庭，也不對外發表他的學問與思想。這就是他選擇要過的日子。野野宮是因為投入於科學中所以離開了「人情」，廣田則是純粹出於不願被日本社會的集體壓力拘束，所以選擇了一種和社會保持距離的生活。

來到東京的三四郎，從一個理所當然的「人情」社會轉而受到了「非人情」的洗禮、衝擊。他開始知覺有像野野宮、廣田那種「非人情」生活的可能性。而進一步誘惑他朝向「非人情」的力量，和野野宮、廣田都不一樣，是他遇到了、愛上了美禰子。

他想要接近美禰子，而她是一個不按照日本社會人情行事、表現的一名女子。三四郎和美禰子兩次在池畔相遇（所以後來這座池塘變成了「三四郎池」），對他來說像是在生活中開了一扇「非人情」的窗口般，能夠看清楚不同於「人情」的確實存在樣貌。

藉由追求美禰子，想像和美禰子在一起的生活，三四郎得以碰觸到原先野野宮、廣田在他心中挑激起的模糊欲念，能夠進一步接近「非人情」的生活。最有趣、最精采的是小說的最後幾章，三四郎依違、猶豫於「人情」與「非人情」之間，還弄不清楚該如何選擇時，突然一切就來不及了。

三四郎以為自己要選擇、可以選擇，然而他忘了，在和美禰子發展出來的「非人情」關係中，不能如此「人情」地假定。他還沒選擇，先被選擇了。是美禰子先做了選擇，美禰子逗著三四郎，和他繞著「非人情」的邊界走了一遭，卻回去了，選擇回到「人情」的那一邊去。

關於這個意外的結局，小說中鋪設了一段伏筆。三四郎和美禰子最為親近的場景中，兩人談到了迷失了的人。三四郎不知道英文裡對這樣的人如何稱呼，美禰子告訴他是「stray sheep」（迷途羔羊）。到後來，美禰子決定還是嫁給地位很高的哥哥的朋友，三四郎知道了，小說中表現他的感嘆，就是以片假名的外來語寫出了stray sheep。

有意思的，複雜的是：誰是迷途的羔羊呢？要判斷迷路了，首先得知道正途在哪裡，離開了那一條正途所以stray，偏斜了。但在小說裡，沒有明確的答案，恐怕要問讀者吧，而且每個讀者心中會有不同的答案。

也許是三四郎對自己處境的感慨：啊，我差點被妳引誘進入歧途，沒想到妳自己先走回原路了。也可能是三四郎對美禰子的惋惜怨嘆：妳竟然如此離開了更有意義的正路，隨著世人迷路了。

你會如何選擇，或說哪一種感覺比較接近你從《三四郎》小說中讀到的呢？擴大來看，在人生每一個轉角之處，遇到有關「人情」與「非人情」的選擇，什麼才是對的答案呢？最真確的，是每一次都很難有明白的答案，每一次都要在究竟哪一條才是正途上反覆思量、反覆自我掙扎吧！

早期三部曲——《三四郎》、《此後》、《門》

日本近代文學研究者，很早就將他的三本小說列為「早期三部曲」——《三四郎》、《此後》（それから）和《門》。這幾部小說都清楚貫徹了夏目漱石對於「人情」與「非人情」的探討。小說徘徊在「人情」與「非人情」之間，逡巡往來，沒有確定的答案。夏目漱石的立場，絕對不是簡單地鼓吹大家抱持浪漫的理想去追求「非人情」就好、就對了，而是以冷靜、甚至近乎冷酷之眼，凝視人在「人情」與「非人情」可能的複雜處境。

「それから」的書名來自於全書的最後一頁，主角代助的父親叫他哥哥來傳話說：「你所做的決定，我們完全無法接受。」什麼樣的決定？代助愛上了有夫之婦三千代，三千代的丈夫，寫信去告了一狀，所以父親要哥哥來傳訊。首先確認有這麼回事：「你真的要奪人家的妻子，娶人家的妻子？」代助承認了，哥哥進而轉達：「如果是這樣，第一，從此之後，父親和你斷絕關係；第二，從此之後，我也不會再見到你。」

在忽忽如狂的狀態下，「從此之後」代助的人生徹底改變了。他原先是個紈褲子弟，什麼事都不做，於是他必須出去找工作了。

小說的寫法很奇特，因為「從此之後」一段新的人生，而且應該是充滿考驗，會有許多波折的階段正要展開，然而小說卻就在這裡結束了。換句話說，小說的內容根本不是「從此之後」，而明明是「在此之前」。小說描述、交代了為何有這樣戲劇性的人生轉捩點出現。

要在另一部小說《門》裡，才能看到「從此之後」發生了什麼事。《此後》的主角是代助，《門》的主角則是宗助，不是同一個人，然而故事卻是延續的。《門》小說裡的宗助也就是搶了朋友的妻子，和他愛上的這個女人結婚了，讓我們看到這樣的婚姻會是什麼樣子。

從《此後》到《門》，有著一貫的陰鬱壓力，探觸到了討論「非人情」時不該忽略、規避的大問題——違背「人情」帶來的罪惡感。

《此後》小說中的代助和平岡年輕時是同學，同時認識了三千代，也幾乎同時愛上了三千代。但缺乏勇氣追求的代助，在三千代的哥哥去世時，接受了平岡的拜託，卻慫恿勸說三千代嫁給平岡。

代助到三十歲都還過著依賴父親和哥哥的生活，這種態度源自他個性中一種強烈「非人情」的信念。他認為如果抱著功利的心態去從事任何工作，對自己的生命價值都是一種侮辱。忠於原則，他只做本身便是目的的事，所以基本上只是讀書度日。

不過再讀下去、讀進去，我們明白了他採取如此激烈、不近情理的生命態度，其實是對於自己的一份懲罰——懲罰自己在那個關鍵時刻，不敢忠於自己的愛情，將自己愛的人送給了好友。那一刻的「人情」考慮，使得他失去三千子，因而他用這種絕不妥協的「非人情」態度來做為補償。

然而後來平岡的事業出了問題，帶著三千代過來投靠他，代助就再也無法欺騙自己能夠安於過這種「非人情」生活就好，他決心要將三千代搶過來。

已經自認看破「人情」，因「人情」而付出極高代價，立志從此只過「非人情」生活的人，現在要回頭破壞固定的「人情」去將愛情拾回來，那是代助的決定，而小說就結束在這裡，他並不知道接下來要如何過活。

懸而未決的結局

《此後》的代助對自己過去背叛愛情有一份無法排解的罪惡感，因而刺激他決定去將三千子搶過來；《門》裡的宗助則是在真的將所愛之人搶回來了之後，產生另一份罪惡感。他的罪惡感是針對朋友，也是針對「人情」。

為什麼冷門的《草枕》是理解夏目漱石的重要入門？因為這部小說相對簡單，呈現了一個人去追求藝術、追求美，也就得到了的過程。然而夏目漱石當然知道日本社會不是那樣的一種簡單的環境，真實的社會中有許多具體、細膩的成分，在那些成分的交錯中組構形成了日本。

一個歐洲人面臨愛情選擇時，不需要去處理這些問題。一個英國浪漫主義詩人愛上了朋友的妻子，奪走了朋友的妻子，他不需要有那樣一種被社會凝視、議論的罪惡感。但日本不是那樣。

作為「國民作家」，夏目漱石處理的是日本人受到西方影響後，在追求自由的過程中，許多躲不掉、繞不過去的難題。想要有自由，然而自由卻不可能在沒有代價的情況下降臨你身上。因而一個日本人，必須比一個西洋人、比一個文化想像中有著超脫生命態度的中國人，還要更勇敢、更絕然地去面對。

《心》的第一部中，敘事者「我」遇到了「せんせい」，就像三四郎進入東大之後接受了「非人情」的洗禮。他直覺認為在這個「せんせい」身上，可以找得到一種自由。

然後進入第二部，他的「非人情」追求被放入極端的「人情」情境中接受考驗。最「人情」的場面之一，就是父親即將去世，該如何面對？「人情」嚴格規定，這時候不只有固定的行為禮儀，而且有固定的嚴肅、悲哀心情，不可以、不可能是別的，沒得商量。

然而他遇到的現實情況卻非一般，簡直弄成了鬧劇，還能照著原本「人情」的要求演嗎？不那樣演又如何承擔「人情」上最嚴厲的指責？

小說結束在他搭火車要回東京，態度游移，被打開了一扇窗，看見了「非人情」迷魅的自由世界，然而又體會了「非人情」之不易，並不是主觀上要追求就能得到了，中間有太多的牽扯，必須付出許多無法確知的代價。那該怎麼辦？

這三部曲裡的主角都陷在這樣的兩難中。而當時很多日本人都或多或少受到同樣的考驗，夏目漱石以一部接一部的小說將這個普遍的大問題揭露出來，觸動了那個時代的集體困惑。尤其是在他的小說中不給簡單的答案，所提供的毋寧是將許多人內在潛藏自己都不明白來由的不安，進行了具體的顯影刻畫。

這不是讓人讀了覺得心安的小說，他將讀者引入一個懸宕的情境，然後就放在那裡，讀者必須自己摸索著找路，找自己的路，出來。這是他作為「國民作家」給予那個時代最大的貢獻，反映許多人心中有的疑惑，卻不自作聰明給簡單、普遍的答案。

《三四郎》結尾時，三四郎只知道他失去了美禰子，只能發出stray sheep, stray sheep的感嘆。《心》從時序上看，情節結束在第二部最後，他坐上了去東京的火車，然後第三部是在火車上讀到「せんせい」之前寫了的長信。我們跟著他讀完了老師的信，大概也明白了他去到東京也見不到老師了。

都是將讀者放在一個沒有答案，因而感到心神恍惚的狀態。我們進入了這些角色的迷惑裡，他們的迷惑透過小說很自然地變成了我們的迷惑。他現在知道了老師為什麼會成為這樣的一個人，但這件事弄清楚了，他自己的選擇問題才要進一步展開。

讀到最後的感覺，不會是恍然大悟：「喔，原來是這麼一回事啊！」這不是夏目漱石寫小說的方式。你被情節懸在那裡：回到東京是決戰，是和自己的決戰，老師不在了，只剩下自己去面對父親、家庭、這個時代的標準答案，以及這個時代終將逝去的巨大變化。你只能自己去面對、去做決定。

夏目漱石筆下的女性

夏目漱石小說中的女性角色很搶眼，早期對於他小說的評論意見，經常放在他如何呈現女性上。其中一種常見的看法是，他的女性角色很不寫實，傾向於理想化。那個時代真實的女性不會那麼有個性，也不會那麼複雜。

不過對這樣的看法，值得從兩方面多做思考。第一是從明治到大正快速激烈的變化，產生了許多奇特卻又方生方死的現象。既有的規範被動搖了，外來的元素以去除了脈絡無系統的方式湧進來，刺激了許多浮想連翩的反應，他們自以為是西方的，後來進一步認識才知道是對於西方的誤解，因而又快速被放棄消失了。

因而不能太理所當然假定那樣的時代不會出現什麼。例如當台灣到二〇二〇年才認真在法律上討論「通姦除罪化」，八十幾年前，日本就有了京都大學法學教授提出實質對女性「通姦除罪化」的主張。

第二是以男性的身分，夏目漱石對於女性，當然必須依賴更多的想像。如果說他對於女性想像過度的話，與其視之為他的缺點，還不如探索他對於女性的錯誤想像發生在哪方面。他的女性角色不夠立體是事實。但很少是那種通俗的平板形象，寫出一般傳統裡假設的那種樣板女性。

夏目漱石在小說中給了女性角色很大的篇幅，而且寫得很搶眼。那美小姐和美禰子都具有奇特的野性與自由性格。她們總是打破了傳統的限制，在不應該出現的地方出現。光是她們出現就已經帶來了一份刺激。

《此後》裡的三千代雖然出場的時間不多，然而每次出現她都展現了一份比代助更乾脆的決斷，對於愛情、對於自己的人生，有著視死如歸的勇氣。

即使是今天的環境中讀到這些角色，都還是會讓我們驚訝，就更不用說那個時候夏目漱石作品給日本讀者帶來的震撼與吸引了。

第六章
夏目漱石與後世文壇

東京大學「三四郎」池

在台灣大部分的人都去過東京吧！去東京，會去東京大學看看嗎？去看看那在日本歷史上具有強烈象徵意義，象徵著菁英人才產出處的「紅門」，看看和台大有著類似風格的校園。台大校園有一座「醉月湖」，那其實是個小池塘；東大校園也有一個饒富風味的池塘，叫做「三四郎池」。

在東大剛成立時，這座池塘有一個蠻無聊也蠻實際的名字——「育德園心字池」，指出了池塘呈現「心」字形，然後加上今天看來比較像是幼兒園招牌的「育德園」，那是周圍林子的名字。

如果現在去東大，找任何一位師生問「育德園心字池」，應該都沒有人知道你在講什麼。對他們來說，那座池塘就是「三四郎池」，不會知道、不會記得還有別的名字。

從「育德園心字池」到「三四郎池」，關鍵就在於夏目漱石的小說《三四郎》。

東京大學和京都大學是最早成立的兩所「帝國大學」，但兩所機構的性格，在日本歷史上的地位、角色，卻大相逕庭。甚至從校園的風格都立即能夠感受得出來。同樣很多人去過京都，但應該更少人去過京都大學，我也很猶豫要不要推薦大家去京都大學走走看看。

因為京大真的太特別了，特別到絕對值得一訪，卻又絕對不適合作為觀光景點。大部分去京都觀光的人都會經過京大，卻大概都不會下車，往往也不知道自己經過京大了。那是在前往銀閣寺的路上。

我自己慣常，算不出來走了幾十次的走法，是在「百萬遍」下車，朝著往銀閣寺和哲學之道的方向走，然後看到「進進堂」的招牌，那是極有趣有味道的麵包和咖哩飯名店，簡陋而大氣，是京都大學師生百年來的固定聚會處。因為京都大學就在「進進堂」對面，每次從「進進堂」門口越過馬路看京都大學的校園，我都還是覺得不可思議，怎麼會在日本和式美學最中心的地方，出現了一座那麼醜的大學。

京都大學甚至比台灣大部分的大學還要醜，放在世界名校中比較的話，大概只有美國的麻省理工學院在建築不講究美學安排上，得以和京大相比。然而這麼醜的校園，值得來，因為值得為之致敬。

因為京大校園的醜，不是源自於疏忽，不是缺乏美學意識下而產生的，京大的醜是故意的，是有其信念上來歷的。

刻意打造的粗陋校園

京都大學在東京大學之後成立，一八九七年成立時，明治維新時期形成的關東、關西間的緊張已經很嚴重了。京都所在的關西，有著很強烈的相對被剝奪感。原先他們一直是天皇所在之處，象徵性地形成了帶有神聖性與美學藝術品味的中心，抗衡政治實權與經濟活力所在的江戶關東。但是在「王政奉還」之後，竟然非但不是政治實權轉移到京都來，反而連天皇都搬到新改名的「東京」去了，京都變成了一座歷史遺跡。

這項衝突主導使得京大從成立之初，便有意識地要和東大不一樣，甚至說有意識地對著東大幹都不為過。而他們也真的就在這個教育與學術的機構中，靠著長期不懈的努力，建立了知識上極為強大的「京都學派」。

東大是一座了不起的大學，尤其在培養、訓練現代日本的官僚人才上。但如果要論知識上的成就，東大卻是遠遠不及京大的。日本第一位諾貝爾獎得主，物理學家湯川秀樹，是京大的教授，在京大建立了以「粒子物理」為核心的堅實學派。化學方面一直到現在，包括關於ＬＥＤ顯像研究在內的好幾個領域，京大都得以執國際的牛耳。幾乎每一門學科，在日本知識界都有特別的「京都學派」，有些「京都學派」的成就超越了日本國內，產生了世界性的影響力。

剛剛提到了去京都觀光旅遊必訪的「哲學之道」，這條沿著疏水道的小路之所以得名，源自哲學家，也是京都大學教授西田幾多郎。在台灣，我們有一個念過京都大學的總統李登輝，他就是西田哲學的信仰者。李登輝多次說：「對於世界的認識必須開始於認識『我非我』。」這句話經常被拿來批判李登輝，顯現他是個多次變化立場的人，因為對他來說，反正今天的「我」不是昨天的「我」，所以可以換來換去都沒關係。

但李登輝說這句話，不是從這樣常識的立場說的，而是站在他所信奉的西田哲學基礎上。

西田幾多郎主張，我們每個人身上都帶著許多privilege，來自社會關係上的種種先入為主偏見，這些享有不言而喻先行性的偏見方便地構成了「我」，然而同時這個「我」也就成了阻礙人真正去探索、認識「本我」最大的因素。所以要認識「本我」，首先必須理解、分判，那個「我」不是「我」，才有機會超脫那固定的、偏見的「我」去探詢「本我」。

這是貫串不同領域「京都學派」的知識信念，也是京都大學校園創建的根本守則。先要去除所有固定偏見的privilege，才能探觸知識、學問上的真理。因而京大的建築與校園，便以剝除任何表面虛華為守則，於是刻意打造出了一座真的很粗陋、很醜的學校。

不追隨潮流的京都大學

一九三三年發生了轟動全日本的「京大事件」，充分顯現出「京都學派」昂揚的反對意識，在軍國主義發展的潮流中，形成了逆流、清流。從此之後，京大成了軍國主義的眼中釘，而京大也不畏懼地不斷提出挑戰軍國主義的主張。

「京大事件」的核心是京大法學院教授瀧川幸辰，提出了在當時難以想像的法學意見。他認為應該全面修改日本的刑法，規定夫妻中只有妻子可以告丈夫通姦，倒過來丈夫卻不能告妻子犯了通姦罪。

瀧川幸辰所抱持的，其實不是法學立場，毋寧是法哲學立場。從法律成立的根本道理上看，瀧川幸辰認為，法律應該是要保護並協助弱者的。在婚外通姦這件事上，男人明明就已經擁有社會與風俗的默許、保護，不需要更不應該再得到法律的支持。相反地，社會、風俗已經在通姦這件事上對女性極其不利，作為公平措施，法律應該站在女性這邊。

這是激進的意見，屬於很高層次的法哲學討論範圍，然而很快地在軍國主義崛起的環境中變質了。瀧川幸辰的主張被冠上了一頂大帽子，說那就是允許女人可以通姦，可以多夫，所以就是「共產主義思想」。

舉「京大事件」只是要說明，在軍國主義籠罩下，京都大學都沒有從眾屈服，堅持保持自身不一樣的思考路線。而且這種精神，一直維持到現在。

我說過很多次的親身經驗：一九九七年我到京都，去了京大，一進門就看到貼得滿滿的海報，一眼瞄過去知道了——這是京大創校百年的特殊時刻。但再仔細看一下那些海報的內容，我愈看愈不敢相信自己的眼睛，因為絕大部分都不是在表達慶賀之意，而是宣傳各式各樣的活動，而活動的內容充滿了批判性。

我在京大待了兩天，感受校園的氣氛，還去參與了幾場活動。整個校園裡沒有敲鑼打鼓，沒有歌功頌德，沒有放煙火炫耀百年來的成就。有的是一場又一場的自省檢討，簡直近乎自虐地反覆問：過去百年中，我們犯了什麼錯誤嗎？

而最為集中、突出的檢討，一項是二次大戰期間京都大學和軍方、和戰爭之間的關係，另外一項則是京都大學曾經參與日本殖民擴張的歷史。其中有一場，主講的教授在台上慷慨陳詞，歷歷說明在京大發展過程中，曾經有一段時期大量運用了來自殖民地的利益，因為這樣，京大對於日本殖民政策的批判，遠遠不如有矢內原忠雄的東京大學。

以我有限的日語聽力，只能聽懂五、六成吧，但重點夠明白了，他所說的殖民地，就是台灣。他不會知道台下有一個來自台灣的人，聽著他誠摯表達京都大學應該對台灣人道歉，而為之熱淚盈眶。

這是一所什麼樣的學校！他們如此認真地看待知識，看待「學術殿堂」的地位，看待集體的良心。其實和始終與不同時代的日本政府關係密切的東京大學相比，京都大學夠乾淨、夠清高了，然而這所大學的學風便是不以此為滿足，仍然隨時警惕不要讓自己陷入自滿，做出站到良心反面的事來。

一次又一次去拜訪京大，包括看著那其醜無比的校園，都讓我得以再驗證一下，確實存在著這樣一塊知識與學術的淨土。

軍國主義時代的來臨

第一次世界大戰給日本帶來了上沖下洗的兩極反應。當這場戰爭還是「歐戰」，還沒有因為遍布全球的帝國主義殖民地的關係而擴展為「世界大戰」前，日本就以和歐洲國家有聯盟條約的理由參戰了。此時他們的心情是昂揚振奮的，感覺自己真的加入了歐洲，得到和歐洲國家平起平坐的地位。

而且參戰給日本帶來了經濟需求刺激，從農業到工業的生產都提升了，市面上也呈現一片繁榮。不過一九一八年戰爭結束，再到一九一九年開「巴黎和會」，情況卻快速逆轉。

在國內，戰爭需求突然消失了，從擴張經濟一下子變成緊縮經濟，日本政府沒有足夠的能力預見，更沒有能力處理這樣的變化。在國際上，日本發現「巴黎和會」的主角仍然是美國、法國、英國，沒有人真正將日本視為可以插手國際事務的要角。

失望、幻滅帶來了國家定位與策略的調整。日本不可能擠進歐洲列強之林，日本畢竟是亞洲國家，必須回到亞洲、經營亞洲。而要回到亞洲，立即浮上檯面的，一定是中國問題。這個亞洲最大的老牌國家，卻始終沒有一個老大哥的樣子，積弱不振無法抵抗西方勢力的層層侵奪，在「巴黎和會」中卻又因德國在山東利權轉移問題，對日本表現了高度的敵意。

如此而刺激了日本軍國主義的主要信念——必須準備好訴諸武力，取得中國的主導權，才能整合亞洲來對抗歐洲。光是在中國扶持親日的政權，顯然不足以提供日本要回到亞洲發展的保障。過去希望藉由介入中國革命，藉由對北洋政府施壓來取得日本利益的作法，從新的亞洲布局角度看，太保守了。

日本軍方的勢力愈來愈大，連帶地對中國政府的評價愈來愈低。逐漸形成了「大東亞共榮圈」的架構，建立在兩項基礎上。一項是必須以「大東亞」為範圍，才能對抗歐洲，也才能提供日本足夠的「生存空間」。另一項則是日本必須以武力為後盾，在各地建立可被日本操控的政權，彼此聯合起來構成「共榮圈」。

這是夏目漱石去世（一九一六年）之後的變化，換句話說，幾乎就在夏目漱石身後，日本的文學環境隨而快速進入了新的階段，一個因應軍國主義興起而為之衰頹的階段。軍國主義強調集體紀律，必定一步一步收縮自由，沒有了得以發揮的自由，文學、普遍的藝術，在軍國主義下很難有所成就。

夏目漱石生前，已經取得了「國民作家」的榮崇地位。進入軍國主義時期，取而代之的是「戰爭作家」，進行著種種「奉命文學」、「宣傳文學」的寫作，卻再也不會有表現平民共同情感與追求的「國民作家」了。

到什麼時候才再有日本「國民作家」出現呢？那要等到一九五〇年代了，二次大戰結束，日本無條件投降，經歷了美軍佔領時期，等到「五五政體」成立，日本有了自己的民主政府，於是長期被壓抑的文學，堂皇地進入了一個新的黃金時代。

國民作家——吉川英治、松本清張

吉川英治是這個時代的「國民作家」，他的代表作是《宮本武藏》，雖然是一九三九年出版的，卻在五〇年代重新流行，大受歡迎，復活了在美軍佔領時期被嚴格管制的武士道。《宮本武藏》平反了武士道，重新讓武士道得以擺脫軍國主義思想元凶的定位，透過宮本武藏的個性與故事，顯現武士道可愛並可信任的性質。

美軍佔領期間，日本電影開始復甦，可是在這段時間拍攝的電影，受到美軍總部一些奇特的規定管制。一種是如果電影裡有男女接吻的鏡頭，可以獲得優先放映待遇。這是美國人認定鬆解軍國主義，為日本人灌注「自由精神」的一種手法。還有，電影中絕對不准許出現富士山，就連長鏡頭遠拍火車經過，後面帶到富士山都必須剪掉。如此嚴格防範富士山，因為美軍認定富士山是日本武士道最主要的象徵，絕對不准許武士道有任何借屍還魂的機會。

美軍佔領是日本歷史上一段既神祕又黑暗的時期。大江健三郎在一九三五年出生，大戰結束時他十歲。在他的文集《為什麼孩子要上學》中，他記錄了自己當時最強烈的感受。老師前幾天還在反覆惡罵美國，詛咒美國人，然而突然之間，同樣的老師卻改口要他們去排隊歡迎美國人，而且對美國人與美國事物顯現出一種擁抱、諂媚的態度。十歲的男孩無法接受這樣的變化，因此他決定不要再去上學了。

那是最扭曲的集體反應，在日本人心中留下極為深刻的傷痕，讓他們很難坦然面對。很多人批判日本人不能誠實反省發動戰爭、侵略中國的歷史，其實如何幡然放下所有抵抗，轉而巴結來佔領的美軍，對他們來說同等、甚至更難誠實面對吧！

吉川英治替日本人拾回了「武士道」，重建一點文化上的信心。可以肯定確認日本文化，即使是被視為軍國主義罪源的「武士道」都不是沒有價值的。從《宮本武藏》流行，到後來包括《盲劍客》等劍俠電影大受歡迎，日本的傳統得以在戰後的社會留有一席之地，沒有因為戰敗而完全被否定。

吉川英治將「武士道」和血腥、殘暴的砍殺區分開來，強調其精神面，以緊湊、精采的情節讓讀者不只佩服宮本武藏的劍術，更為崇尚他的智慧與人格。

同樣在美軍總部撤離後，昂然又崛起了另一位「國民作家」，那是開創「社會推理派」

的小說家松本清張。「社會推理」最大的特色是藉由犯罪事件是探討「到底什麼是犯罪？」「人為什麼會犯罪？」「什麼樣的罪應該受到什麼樣的懲罰？」

四十九歲才出道的松本清張，為什麼能夠如此暴得大名，他最早的幾部小說為什麼如此轟動？因為他的小說以那彷彿在黑霧中的美軍佔領時期為背景，寫了日本人在那種屈辱情境下的極端選擇。為了活下去而去奉承、服務美國人，過著一種扭曲的生活。等到終於能夠回復比較正常的人生了，他們不願、不能回顧、承認自己在那段黑霧時期的所作所為。

松本清張小說裡的罪犯，都不是我們一般想像的那種會犯罪的人。他們殺人的強烈動機來自於想要保護自己好不容易得到的正常生活，絕對不能容許過去的行為被人知道，為了掩藏最為不堪的過去，不惜訴諸最極端的手段。

松本清張寫的，不是那種探案追查“who done it”的推理，而是要追查犯罪動機，從中逼著日本人去思考：經歷了這麼大的混亂之後，日本要如何重建正義價值觀，要如何檢討罪與罰之間的適當法律關係。

松本清張用通俗、易讀的推理類型方式，傳遞了讓人不安的閱讀經驗。他的小說實際上違背了推理小說讀者的娛樂期待。從娛樂的角度，推理小說最大的作用是以一樁案件的謎團引領著讀者，專注地跟著去辦案尋凶，最後真相水落石出得到滿足，如此有效地殺時間，又能在最後得到良好、安慰的感覺。

滿足的一部分來自得到明確答案，讀者就可以離開這部小說，不需有什麼懸念牽掛。然而松本清張的小說，卻必定會留下一些小說中沒有充分解釋，或是小說中無法解決的問題。依照推理的慣例，當然到最後會破案，弄清楚了犯案的過程，可是得到這答案的同時，松本清張必定探索、揭露複雜的動機。於是留下的，不可能由小說完全解決的，是讀者如何評斷犯案者及其動機。

一旦知道他的人生歷程，他在犯案時所思所想，你會同情他嗎？你應該同情他嗎？這不是小說裡會有答案，卻是我們讀了小說難免在心頭糾結受到考驗的。

和松本清張一起高舉「社會派推理」大旗的另一位名家森村誠一有部名作，書名是《人性的證明》。是的，他們寫的犯罪內在，是人性，而且是和讀者同樣具有的普遍人性。如果是你被放在小說裡的那種情境下，經歷了戰亂苟活的痛苦，好不容易在戰後的日本社會為自己掙得了一份安穩的生活，現在出現了一個知道你的過去，有可能揭露你的過去而使你完全失去既有得來不易的安穩平靜，你會怎麼辦？尤其出現了一個機會，你可能讓這個人、這份威脅永遠消失，你會利用這個機會，還是放掉這個機會？

對，就是你，而不單純是小說裡的犯罪者受到考驗，這是人性，小說要寫的是你也有的那份人性。

國民作家——司馬遼太郎、宮部美幸

戰後另外一位名氣響噹噹的「國民作家」，是寫歷史小說的司馬遼太郎。他重新改寫了從「倒幕」到「維新」的這段歷史。以他的暢銷歷史小說，司馬遼太郎實質改變了日本人看待這段歷史的方式。

在司馬遼太郎之前，這段歷史的重點在於強藩的作為，在於由強藩出身後來在新政府中握有大權的人物，如伊藤博文、大久保利通等人。然而司馬遼太郎扭轉了歷史的視角，轉而去刻畫那些奔走追求倒幕的武士們，尤其是像坂本龍馬這樣的脫藩武士。

他以堅實的歷史研究，而不是天馬行空的虛構想像，寫出了三十一歲就被暗殺的坂本龍馬的戲劇性一生。另外還有參與在倒幕奔走的吉田松陰，他更年輕，二十九歲就被處死了。那麼短的一生，能做什麼？司馬遼太郎就讓你能身歷其境地了解他們櫻花盛開隨即凋落，或如彗星閃現即逝的一生，有多麼精采又有多麼關鍵。是他們，而不是後來的那些大老們，創造了歷史，真正改變了日本。

從此之後，坂本龍馬的名聲與地位，遠遠超過了大久保利通。坂本龍馬的故事多次被改編為電視、電影，他行跡所到之處，從長崎到京都，創造了多少觀光景點！司馬遼太郎徹底改變了日本人理解這段歷史的方式。

「國民作家」不是一個正式的獎賞，不過在日本要被公認成為「國民作家」很不容易。必須在文學上有很高的成就，又必須寫得出多本暢銷書，以銷量證明在社會上的巨大影響力，另外，還要能夠表現出特殊的時代意義，表現了日本人模糊感覺到但還未完全能夠描述的一種時代變化。

像是宮部美幸（美雪）便是以《模倣犯》這部小說，取得了「國民作家」的候選身分。《模倣犯》寫的是「後泡沫化時代」的一種集體世代心態。一九九〇年經濟泡沫化之後，在日本產生最強烈、最無從排解的感受，是令人窒息的無聊。宮部美幸以驚心的情節暴露了一種為了排解無聊而產生的犯罪動機。罪行令人髮指，但更恐怖的是刺激罪行的動機，是那一整代人的無聊。

宮部美幸正視了這樣一個陰暗的日本「新國民性」的崛起、成型。

日本是一個集體重視讀書的社會，因而他們的作家能夠對社會產生的巨大影響，是我們在台灣很難想像的。台灣不會有像京都大學那樣的大學，台灣也不會有像松本清張或司馬遼太郎那樣的「國民作家」。這不牽涉台灣作家的好壞，而是我們這個社會從來不會用這種方式被書、被作品改造，就不可能出現符合日本歷史標準的「國民作家」。

「明治時期」的明與暗

夏目漱石十多年的小說創作之行，於一九一六年戛然停止了，我們可以確認走到人生盡頭因為嚴重胃潰瘍而去世時，他在小說上的爆發能量其實都還沒有用完。

明白的證據就是夏目漱石的最後一部小說，連載到一半沒有完成的《明暗》。小說書名連繫上了前面提到的主題，人的外表與行為是「明」的，然而行為的動機和想像卻是「暗」的，生活就是一連串、無止盡逡巡、穿梭在「明」與「暗」之間的過程，不斷對應對照著「明」與「暗」的關係，有時化「暗」為「明」，有時由「明」來探測、猜想「暗」，當然更多時候是「明」與「暗」之間存在著理不清也固定不下來的連環變化。

「知人知面不知心」，需要對人心揣想、探詢的情況不是只存在於路人、點頭之交。小說中夏目漱石動用了好幾組一般被認為最親近的關係，包括夫妻、兄妹、父子、過往的情人……一一展現這種狀況的眾多曲折變化。

使得人心更難掌握的，一方面是拘執、固定的「人情」規範與預期，另一方面是介入在

「人情」中帶有最強烈腐蝕作用的金錢。要如何突破「人情」的拘束，表達自己內心真實的感受，甚至確認自己內心真實的感受？要如何誘引出他人心中的想法，從他的外在言行解讀出複雜且多變的訊息？要如何在重重「人情」規定約束下討論、處理現實的金錢問題，不讓金錢發出冒犯人的俗味，又還是能解決環繞著金錢的種種算計與爭執？每一個角色，都隨時抱持著這樣的連環困惑周旋在人際關係中，構成了小說最主要的情節動能。

而且夏目漱石將這樣的心理糾結，放在大正初年的時代背景中，可以看作是他對自己所親歷的過往「明治時期」的一份評價與檢討。「明治維新」有其高度成就，快速地將日本從封閉鎖國的傳統社會改造成可以和歐洲強權平起平坐的現代國家，然而自從日俄戰爭結束之後，被藏在光燦成就背後的暗影，就愈來愈不容忽視地挑釁、困擾日本了。

快速西化現代化的列車轟隆前駛，沿途拋擲了多少跟不上掉隊的人！就連登上列車的人，看著窗外急速後退的風景，也不免感到陌生心驚，不確定自己到底該怎樣身處在全新的環境裡。過了維新前期、中期的集體興奮騷動，明治末年整個社會陷入了很不同的低抑、焦慮情緒裡，進入了必須從根柢上重塑自我來適應變局的新階段。沒有人知道新時代的父親應該對兒子承擔多少責任，沒有人知道各種內外親戚現在應該如何互動，甚至沒有人知道應該如何安排和自己選擇的配偶之間的關係。更麻煩的，沒有人知道該或不該對那些顯然成為時代犧牲者，在變化中滑落到社會邊緣的人伸出援手，或者還能對他們採取怎樣的態度？

夏目漱石在小說中準確地反映了明治末年到大正初年，日本人內在的衝突心理，那裡存在著另一種「明」與「暗」的對比——光鮮的國家形象與晦暗的社會代價。在那裡也存在著另一種「人情」與「非人情」的糾結，沒有了傳統「人情」、「義理」的指引、保障，人與人之間的任何言行互動於是都變成了似真又假、非真非假的深刻謎團，包圍、困擾著活在那種情境中的所有人。

我們永遠不會知道未完成的《明暗》到底安排了怎樣的結局，然而，殘存的豐富文本卻已經對我們傳遞了極其清楚的關懷，在一場一場充滿張力的對話與互動中，夏目漱石展現了他超乎常人的洞見，翻轉了原本的「明」、「暗」，有效地揭露了心理的細膩、弔詭運作內幕。

夏目漱石年表

一八六七年	出生	二月九日出生於江戸牛込馬場下橫町（現新宿區喜九井町），本名夏目金之助，是家中的么子。父為夏目小兵衛直克，母為千枝。
一八六八年	一歲	成為四谷名主鹽原昌之助的養子。
一八七三年	六歲	養父調任為淺草里長，遷居淺草諏訪町。
一八七四年	七歲	由於養父母感情不合，暫時回到親生父母家，之後與養父同住。十二月，就讀淺草壽町戸田小學。
一八七六年	九歲	養父母離婚，與養母一起回到親生父母家，轉往市谷柳町市谷小學就讀。
一八七八年	十一歲	二月，與友人《回覽》雜誌上發表〈正成論〉。十月，就讀東京府第一中學。

一八八一年	十四歲	一月，生母千枝去世。為了學習漢學，轉至私立二松學舍就讀。
一八八三年	十六歲	九月，為了準備大學預備門考試，就讀成立學舍學習英文。
一八八四年	十七歲	與友人橋本左五郎同住於小石川極樂河邊的新福寺。九月，考上大學預備門。同學為中村是公、太田達人、橋本左五郎等。
一八八五年	十八歲	與中村是公等十人一同在神田猿樂町的末富屋租屋同住。
一八八六年	十九歲	四月，大學預備門改稱第一高等中學。七月，罹患腹膜炎，因無法參加升學考試而留級。後於江東義塾兼任教課，遷居至該校宿舍。
一八八八年	二十一歲	一月，復籍到夏目家。七月，自第一高等中學預備科畢業，就讀同校本科，主修英文。
一八八九年	二十二歲	一月，初識正岡子規，受其影響而開始創作。五月，在評論子規《七草集》時首次使用漱石之筆名。九月，創作漢詩文集《木屑錄》。
一八九〇年	二十三歲	七月，自第一高等中學本科畢業，就讀東京帝國大學文科大學英文科。十二月，受J. M.狄克森教授之託英譯《方丈記》

一八九二年	二十五歲	五月，擔任東京專門學校講師。七月至八月，與子規一起在京都、堺、岡山、松山等地旅遊，結識高濱虛子。
一八九三年	二十六歲	七月，自東京帝國大學英文系畢業，繼續就讀研究所。十月，於東京高等師範學校擔任英語教師。
一八九四年	二十七歲	十二月，於鎌倉圓覺寺參禪。罹患神經衰弱症。
一八九五年	二十八歲	四月，至愛媛縣擔任松山中學的英文教師。十二月，回到東京，與貴族院書記官長中根重一的長女鏡子相親，訂婚。
一八九六年	二十九歲	四月，至熊本第五高等學校擔任講師。六月，與中根鏡子結婚。七月，升為教授。
一八九七年	三十歲	生父直克去世。
一八九八年	三十一歲	十一月，於《杜鵑》發表〈不言之言〉。
一八九九年	三十二歲	五月，長女筆子出生。六月，升為英文科主任。
一九〇〇年	三十三歲	六月，奉教育部命令，帶職留學英國倫敦兩年。接受克雷格教授指導。

一九〇一年	三十四歲	一月，次女恆子出生。受池田菊苗影響，開始計畫寫作《文學論》。
一九〇二年	三十五歲	神經衰弱症加重。九月，子規去世。十月，至蘇格蘭旅行。
一九〇三年	三十六歲	一月，返國。四月，擔任第一高等學校講師，同時兼任東京帝國大學英文科講師。七月，於《杜鵑》發表散文〈單車日記〉。十月，三女榮子出生。
一九〇四年	三十七歲	十二月，受高濱虛子之邀，於寫作會「山會」中由虛子朗誦發表〈我是貓〉第一章。
一九〇五年	三十八歲	一月，開始於《杜鵑》發表〈我是貓〉，大獲好評，將其延伸為長篇連載。二月，於《帝國文學》發表〈倫敦塔〉。四月，於《杜鵑》發表〈幻影之盾〉。五月，於《七人》發表〈琴之空音〉。十一月，出版《我是貓》上冊。十二月，四女愛子出生。
一九〇六年	三十九歲	四月，於《杜鵑》發表〈少爺〉。九月，於《新小說》發表〈草枕〉，岳父中根重一過世。十月，於《中央公論》發表〈二百十日〉。十月中旬起，開始將訪客會面時間定於每週四下午，此即「木曜會」的由來。十一月，出版《我是貓》中冊。

一九〇七年	四十歲	一月，於《杜鵑》發表〈野分〉。出版中篇集《鶉籠》。三月，辭去教職，進入朝日新聞社工作。五月，於《朝日新聞》發表〈入社之辭〉，出版《文學論》、《我是貓》下冊。六月，長男純一出生。六月至十月，於《朝日新聞》連載〈虞美人草〉。九月，罹患胃病。
一九〇八年	四十一歲	一月，出版《虞美人草》。一月至四月，於《朝日新聞》連載〈礦工〉。四月，於《杜鵑》發表〈創作家的態度〉。六月，於《大阪朝日》連載〈文鳥〉。七月至八月，於《朝日新聞》連載〈夢十夜〉。九月至十二月，於《朝日新聞》連載〈三四郎〉。十二月，次男伸六出生。
一九〇九年	四十二歲	一月至三月，於《大阪朝日》連載〈永晝小品〉。五月，出版《三四郎》。六月至十月，於《朝日新聞》連載〈之後〉。八月，胃病復發。九月，接受當時為滿州鐵路總裁的中村是公邀請，前往滿州、朝鮮旅行。十月至十二月，於《朝日新聞》連載〈滿韓點滴〉。十一月，創設《朝日新聞》文藝版。
一九一〇年	四十三歲	一月，出版《此後》。三月至六月，於《朝日新聞》連載〈門〉。六至七月，因胃潰瘍住院療養。八月，至修善寺溫泉菊屋旅館療養，病情加重，大量吐血。十月，回到東京，再度住院療養。十月至隔年二月，於《朝日新聞》連載〈回憶錄〉。

一九一一年	四十四歲	一月，出版《門》。二月，政府頒與文學博士學位，但夏目漱石拒絕接受。七月，於《朝日新聞》發表〈凱貝爾先生〉。八月，至關西演講旅行，胃潰瘍復發，在大阪入院。十月，因《朝日新聞》的文藝板被廢止因而請辭，為報社挽留。
一九一二年	四十五歲	一月至四月，於《朝日新聞》連載〈彼岸過迄〉。九月出版《彼岸過迄》。十二月，開始於《朝日新聞》連載〈行人〉，因胃病影響而中斷，至隔年十一月才完成連載。
一九一三年	四十六歲	一月，神經衰弱病情加重。二月，出版《社會與個人》演講集。三月，因胃潰瘍而臥病在床。
一九一四年	四十七歲	一月，出版《行人》。四月至八月，於《朝日新聞》連載〈心〉。九月，胃潰瘍復發，出版《心》。十一月，於學習院發表演講〈我的個人主義〉。
一九一五年	四十八歲	一月至二月，於《朝日新聞》連載〈玻璃門內〉。三月，胃潰瘍再次復發。六月至九月，於《朝日新聞》連載〈道草〉。十月，出版《道草》。十二月，芥川龍之介、久米正雄等人加入木曜會。

一九一六年　四十九歲　一月，於《朝日新聞》連載〈點頭錄〉。前往湯河原溫泉治療關節疼痛。四月，經診斷發現關節疼痛主因為罹患糖尿病。五月，於《朝日新聞》連載〈明暗〉，未完成。十一月，又因胃潰瘍臥病。十二月上旬，胃潰瘍惡化，於十二月九日病逝。

GREAT! 7203

理想的藝術家生活：楊照談夏目漱石

日本文學名家十講1

作者	楊照
封面設計	莊謹銘
協力編輯	陳亭妤
責任編輯	徐凡
國際版權	吳玲緯
行銷	闕志勳　吳宇軒　余一霞
業務	李再星　李振東　陳美燕
總編輯	巫維珍
編輯總監	劉麗真
總經理	陳逸瑛
發行人	凃玉雲
出版	麥田出版 地址：10483台北市中山區民生東路二段141號5樓 電話：(02)2500-7696 傳真：(02)2500-1967
發行	英屬蓋曼群島商家庭傳媒股份有限公司城邦分公司 地址：10483台北市中山區民生東路二段141號11樓 網址：www.cite.com.tw 客服專線：(02)2500-7718｜2500-7719 24小時傳真專線：(02)-2500-1990｜2500-1991 服務時間：週一至週五09:30-12:00｜13:30-17:00 劃撥帳號：19863813　戶名：書虫股份有限公司 讀者服務信箱：service@readingclub.com.tw
香港發行所	城邦（香港）出版集團有限公司 地址：香港灣仔駱克道193號東超商業中心1樓 電話：+852-2508-6231 傳真：+852-2578-9337
馬新發行所	城邦（馬新）出版集團【Cite(M) Sdn. Bhd.】 地址：41-3, Jalan Radin Anum, Bandar Baru Sri Petaling, 57000 Kuala Lumpur, Malaysia. 電話：+603-9056-3833 傳真：+603-9057-6622 讀者服務信箱：services@cite.my
麥田部落格	http://ryefield.pixnet.net
印刷	前進彩藝有限公司
初刷	2022年01月
初版二刷	2023年08月
售價	320元
ISBN	978-626-310-134-0

國家圖書館出版品預行編目(CIP)資料

理想的藝術家生活：楊照談夏目漱石（日本文學名家十講1）／楊照著 -- 初版. -- 臺北市：麥田出版：家庭傳媒城邦分公司發行, 2022.01
面；　公分. --（Great! ; RC7203）
ISBN 978-626-310-134-0（平裝）
1.夏目漱石　2.傳記　3.日本文學　4.文學評論
861.57　　110018330

城邦讀書花園
www.cite.com.tw

Printed in Taiwan.
本書若有缺頁、破損、裝訂錯誤，請寄回更換。